JÉRÔME CLÉMENT

Plus tard, tu comprendras

GRASSET

A ma sœur, Catherine.

1

« Je crois qu'elle est décédée »

Six ans plus tard, je ne comprends toujours pas. Pourquoi nous as-tu filé entre les doigts, discrète et humble, presque sans rien dire, comme s'il y avait urgence ? Quel rendez-vous t'appelait ?

⁂

C'était un dimanche, le 9 juin 1996. Je l'avais aidée à s'asseoir au bord du lit. La nuit tombait. Les jambes pendantes, le souffle court, elle observait le sol. Assis à côté d'elle, je lui tenais la main.

— Maman, souviens-toi de ce que tu m'as toujours dit : quand on touche le fond, on donne un coup de pied et on remonte à la surface.

— Je n'en ai plus la force.

— Allez, serre-moi fort, je vais te passer mon énergie.

— Garde-la pour toi, tu en auras davantage besoin que moi.

Je m'efforçais de surmonter l'angoisse qui ne me quittait pas. Il lui arrivait souvent d'évoquer ses maladies, imaginaires ou réelles, sa mort. Je ne pouvais pas envisager que son état fût grave.

Souhaitait-elle retrouver ses parents ? Elle m'en parlait souvent, presque joyeuse.

— Penses-tu souvent à eux ?

— Tous les jours, toutes les nuits. Pas un jour où je n'aie pensé à eux ; je leur raconte des histoires, ma journée, mes conversations avec toi, avec ta sœur. Je ferme les yeux : ils sont là.

Elle me parlait de ses appartements, de sa succession. Je coupais court.

— Ce n'est pas de mourir qui m'embête. C'est de ne plus vous voir.

Un jour, j'ai su. Ma mère revenait de voyage, elle était alitée, se plaignait de son ventre. J'étais passé la voir. Dans l'angle de la chambre, la télévision retransmettait un match de tennis entre deux Américains. C'était le début du tournoi de Roland Garros. Silencieuse, elle me fixait intensément.

Pendant une heure, maman est restée ainsi, sans rien dire, tandis que je regardais le match sans oser tourner la tête. Je devinais ses pensées dans ce regard. Je n'en pouvais plus de ses yeux fixés sur moi. L'estomac noué, j'oubliais la compétition. L'écran se brouillait dans le voile de mes larmes. Nous n'avons pas échangé une parole. Je ne savais pas quand ni comment cela viendrait. Mais elle m'a dit adieu ce jour-là, j'en suis sûr. J'en ai été malade, enfouissant ce secret au plus profond de moi-même. Nous avions tant à nous dire, nous nous étions tellement parlé. L'heure de la séparation approchait. Je me sentais incapable de lui exprimer mon amour, d'évoquer tous ces moments passés ensemble quand j'étais enfant, seul avec elle, comme ce jour-là.

De la fenêtre de sa chambre d'hôpital, quelques semaines plus tard, je regardais la rue. Tout était calme. Des pots de géraniums rouges étaient accrochés aux fenêtres. Je voyais très précisément la disposition intérieure des appartements d'en face. Il faisait chaud. Un homme, en short beige, torse nu, assis sur le canapé d'un salon, manipulait une télécommande face à un poste de télévision. La vie semblait si paisible dans cette rue du XVe arrondissement, ce dimanche soir de juin.

J'étais assis, silencieux, à côté d'elle. Le soir tombait, il était presque 8 heures. Ma mère m'a demandé de baisser les stores. Elle voulait la nuit. La pénombre accentua le dénuement de la pièce. Un lit à barreaux, une armoire métallique, une table de chevet, un fauteuil en skaï noir, un poste de télé accroché, au mur, en haut, près du plafond et un néon, barre horizontale, qui donnait à la chambre l'éclairage d'un tableau de Hopper. Ma mère était assise, la chemise de nuit relevée jusqu'aux fesses, cherchant sa respiration : échouée sur le bord de son lit, son dernier rivage. Impuissant à la secourir, j'essayais de l'apaiser. Je me sentais proche, face à l'inéluctable, et déjà loin, du côté des vivants. Un gouffre nous séparait. Comment était-ce possible ? Sans oser me l'avouer, je la laissais s'en aller. Nous le savions tous les deux. Il n'y avait plus rien à faire.

Je suis sorti pour la laisser se reposer. J'étais décidé

à voir les médecins dès le lendemain pour qu'ils la surveillent mieux, qu'il y ait une garde, qu'ils fassent une perfusion, qu'ils cherchent à savoir la raison de cette dysenterie tenace. L'interne m'avait rassuré. « Tout est rentré dans l'ordre, cela ira mieux dans quelques jours. » Sa tension était normale. On traitait la déshydratation.

C'était un dimanche... On m'attendait pour dîner à la maison. Je descendis dans le hall, mais, inquiet, je remontais pour l'embrasser, en pestant contre les médecins, sans parvenir à quitter la chambre. Elle ne fut pas surprise de me revoir. Elle m'adressa ses dernières recommandations :

— Dis m... à Julien pour son Bac.

— Tu lui diras toi-même, Maman, c'est dans huit jours !

— On ne sait pas, je ne serai peut-être plus là.

Et puis, me regardant dans les yeux, ses mains dans les miennes :

— J'ai deux choses à te demander.

— Dis, Maman.

— Tu t'occuperas bien de Marcel, hein, tu me le promets ?

— Oui, je te le promets. Ne t'inquiète pas. Et puis ?

— Je ne veux pas qu'« elle » vienne à mon enterrement, ajouta-t-elle, déterminée.

Interloqué, je restai silencieux et partis.

Mes quatre enfants et ma femme, Marie-Christine, m'attendaient à la maison. Le jardin était en fleurs. Il faisait doux, la nuit tombait, nous dînions dehors. En leur racontant ma visite à leur grand-mère, mon malaise s'estompa. Leur conversation, les rires prirent le dessus. Je voulais croire que tout s'arrangerait vite, les médecins n'avaient rien diagnostiqué de sérieux, c'était un coup de fatigue, mes sombres pressentiments n'étaient que la manifestation de l'angoisse qui me traversait dès qu'il s'agissait d'elle.

A 23 h 30, le téléphone sonna chez moi alors que nous étions couchés. C'était Marcel, son mari.

— L'hôpital vient de m'appeler. Ta mère n'est pas bien du tout, me dit-il d'une voix mal assurée.

— Que se passe-t-il ? Qu'y a-t-il ?

Je le sentais hésitant.

— Ecoute, il faut que je te dise, je crois qu'elle est décédée.

La voix chevrotait.

« Décédée, quel mot étrange ! » ai-je pensé d'abord, avant de m'effondrer comme une marionnette dont on aurait coupé les fils. « Décédée », un mot de faire-part !

— J'arrive, je viens te chercher.

Comme je redoutais cette sonnerie ! La même m'avait réveillé, vingt et un ans plus tôt, pour m'annoncer la mort de mon père, terrassé, encore jeune, par une crise cardiaque. En pleine nuit, mon oncle m'avait téléphoné. Vingt et un ans déjà...

En revenant de l'hôpital, quelques heures auparavant, je n'avais pas appelé Catherine, ma sœur, partie loin de Paris. Plus envie de raconter, ni de parler. Peur aussi de l'inquiéter inutilement. Elle était déjà tellement angoissée par la fatigue de Maman. Catherine avait beaucoup hésité à s'éloigner.

« Ne crains rien, Maman va mieux. » Le vendredi après-midi, j'étais allé rendre visite à ma mère, rapidement, avec mon cousin Jean-Marie rencontré dans le hall. Elle mangeait de bon appétit, l'œil était vif et le médecin lui avait dit qu'elle sortirait le lundi ou le mardi suivant. Elle plaisantait. Tout rentrait dans l'ordre.

Dans la voiture que je conduisais pour aller chercher mon beau-père, je me décidai à appeler Catherine.

— Maman est morte.

Je l'avais dit d'une traite, sans respirer, pour être sûr d'aller jusqu'au bout.

Catherine hurlait sa douleur au téléphone, raccrocha, me rappela.

— Je te confirme, lui dis-je.

Je ne l'entendais plus. Je me répétais inlassablement ces mots : « Maman est morte », pour essayer de m'habituer à penser ce que je venais de dire.

Aujourd'hui, je n'y parviens toujours pas.

Mon beau-père m'attendait dans l'appartement où il vivait avec ma mère depuis une trentaine d'années, près du jardin du Luxembourg, Marcel était habillé, cravaté. Il paraissait si vieux, si fatigué, si fragile surtout, tenant à peine debout. Calme, et en même temps choqué, mais ferme dans le malheur. Il n'a jamais, sauf à de rares instants, quitté cette attitude.

Il fallut un peu de temps pour l'installer dans la voiture. En pleine nuit, cet effort semblait surhumain. Il marchait à peine, je le soutenais. Nous devions nous arrêter souvent. On y voyait mal. Descendre la marche du trottoir dans la pénombre, se faufiler entre les pare-chocs, l'asseoir, rentrer ses jambes, réussir à plier ce corps si éprouvé par la douleur, cela prit dix bonnes minutes.

Dans la chambre, rien n'était changé. Le néon était allumé. Maman était allongée, le visage lisse et soudainement reposé, rajeunie, belle. Je l'embrassai doucement, lentement sur le front encore tiède. J'étais calme, le cœur déchiré. Je pris la rose, cueillie dans mon jardin quelques heures plus tôt, et placée dans un verre sur la table de chevet. Je la glissai entre ses mains fermées sur sa poitrine.

Marcel était là, assis sur une chaise, silencieux. Deux de mes enfants arrivèrent avec ma femme, intimidés et bouleversés. C'était leur première rencontre avec la mort. Ils sanglotaient, surtout Judith, la plus jeune de mes filles. Je les sentais perdus, face à celle qui avait été leur grand-mère et qui était devenue, en l'espace d'un instant, un cadavre. Ils regardaient, s'approchaient, hésitants, puis ils se décidèrent à déposer eux aussi un baiser sur son front, doucement.

— C'est apaisant de la voir si calme, dit Julien, je suis content d'être venu.

Il me prit par la main.

Leur présence me soulagea. Judith vint se serrer contre moi. Je l'embrassai. Nous ne parlions plus. Marcel, épuisé, était parti avec l'un de ses fils. Nous étions seuls. Je ne parvenais pas à quitter la chambre.

Judith quitta mes bras et s'approcha du lit. Elle était si belle, si jeune, cheveux dénoués, rejetés en arrière, face au lit sur lequel était étendue sa grand-mère. *La Jeune Fille et la Mort*, pensais-je. L'une à peine sortie de l'enfance, silencieuse, profonde et grave, comprenant tout et ne disant rien. L'autre allongée, sans vie désormais, si tranquille, déjà si loin, mystérieuse et me parlant encore.

2

Marcel

— Tu t'occuperas bien de Marcel, hein, tu me le promets ?

Cette phrase résonne dans ma tête. Maman l'avait murmurée lentement, la main posée sur mon bras.

Six ans ont passé. Six ans durant lesquels la frêle silhouette de Marcel s'est de plus en plus affaiblie. Debout malgré tout, parcourant le monde, de croisière en croisière : Panama, Groenland, Méditerranée, Marcel était toujours parti. On le voyait défaire et refaire ses valises, chapeau sur la tête, élégant, rasé de près et cravaté, de plus en plus maigre, de plus en plus fragile, chancelant, tombant parfois et repartant vers une nouvelle destination. Les mois passaient, une seule chose le passionnait : partir. Que cherchait-il ? Que fuyait-il ?

— Elle me manque, disait-il, me montrant la photo de Maman d'un mouvement de la tête. Je ne comprends pas ce qui s'est passé.

Durant l'été 2001, une maladie le retint à l'hôpital. On crut qu'il allait mourir. Il rentra chez lui, un peu plus faible, mais il voulait vivre. Il pouvait à peine se déplacer. Bientôt il ne marcha plus. Le monde se limita désormais à son appartement, l'appartement de ma mère. C'est là que je venais le voir tous ces mois durant lesquels une noria de kinésithérapeutes, d'aides-soignants, de gardes de nuit, de médecins, se relayait transformant l'appartement en hôpital.

A nouveau il tomba. Ne marcha plus. On le découvrait le matin par terre, incapable de se relever, s'enfermant dans un mutisme de plus en plus pesant.

Assis dans son fauteuil, près de la fenêtre de la chambre qu'il avait partagée avec Maman, il restait prostré. Quand je venais le voir, c'était comme si je la retrouvais.

Le regard de Marcel était vague, mais ses yeux, d'un bleu lumineux, conservaient à son visage l'essentiel de sa beauté. A mon arrivée, l'espace d'un instant, il s'animait, heureux de ma visite. Je lui demandais de ses nouvelles. Invariablement, il me répondait d'un geste de la main, oscillant de droite à gauche. Il me posait alors quelques questions, cherchant désespérément le prénom de mes enfants :

— Comment va, tu sais, celle qui est en Egypte ?

— Sarah ?

— Oui, oui, c'est ça.

Puis il retombait dans son silence. Je restais à côté de lui, sans trop savoir que lui dire, essayant de trouver un sujet qui l'intéressât. Ce dialogue impossible me serrait le cœur.

Autrefois, nous avions passé des heures à parler littérature. Avec lui, j'avais découvert Conrad, Proust, Roger Martin du Gard, Duhamel. Les volumes de la Pléiade étaient alignés dans une petite bibliothèque dans laquelle il relisait les mêmes auteurs, Saint-

Simon, Plutarque, les *Mémoires* du Duc et *La Vie des hommes illustres*. Il aimait les phrases bien faites, et corrigeait mes devoirs, traquant la moindre faute de syntaxe ou de vocabulaire. Le dictionnaire Littré était toujours à portée de main pour saisir l'expression exacte, la tournure de phrase appropriée. Il s'extasiait sur la pureté de style de Flaubert ou de Maupassant.

— Ecoute ça, disait-il à Maman, lisant une phrase de *L'Education Sentimentale*.

— Quoi, qu'est-ce que tu dis ? répondait-elle. Parle plus fort, je regarde mon feuilleton.

Désespéré, il se replongeait dans son livre.

Cette passion littéraire s'épanouissait avec les mots croisés, ceux de Max Favalleli, les plus compliqués selon lui, dont il se faisait un devoir de remplir les grilles en un temps record. Peu lui résistaient.

Aujourd'hui, incapable d'aligner une phrase, il cherche ses mots.

Dans la pénombre, nous sommes seuls. La pression de ses doigts sur les miens, des petites crispations, plus éloquentes que les mots impossibles à trouver, manifestent sa tendresse. Il se raccroche à moi avec les quelques forces qui lui restent, non pour échanger, mais pour dire sa détresse, et son besoin d'une présence rassurante.

Que dire à un homme si proche de la mort ?

Je dois partir, les larmes dans les yeux.

— Tu t'occuperas bien de Marcel, hein, tu me le promets ? m'avait-elle dit.

⁂

— Il va de mieux en mieux, me disait la garde-malade, attentive et réjouie, lorsque je rendais visite à mon beau-père, les dernières semaines, dans sa chambre transformée en salle de soins. Jusqu'au jour où il partit à nouveau pour l'hôpital. Il y passa ses derniers quinze jours. Il ne mangeait plus, hochait la tête de gauche à droite, signifiant par là qu'il en avait assez.

L'agonie des vieillards, ces anciens adultes superbes, dont les visages resplendissants reviennent à l'esprit lorsqu'on les voit, misérables, perdus dans leur chemise de nuit, ombres décharnées et mutiques, cette agonie est intolérable.

Les tuyaux qui l'entourent et irriguent son corps défait créent une barrière qui sépare déjà les vivants des morts. Seules les mains permettent d'établir un contact. Ses pauvres mains décharnées, bleuies par les piqûres et de plus en plus froides. Les discussions avec les infirmières et les médecins n'ont plus d'autre objet que l'atténuation des souffrances.

Ce qui passe dans les regards, seuls témoins inchangés d'une période révolue, dit toute la vie, les joies, les regrets et la tristesse. Comment raconter l'angoisse insupportable, surtout celle des derniers jours, qu'on lit dans les yeux en entendant ces gémissements qui sortent de la bouche presque malgré soi et qui vous restent dans l'oreille, mystérieux comme des paroles que l'on ne parvient plus à articuler ? La mort est un soulagement.

Je fus presque heureux de le conduire au cimetière, en compagnie de ses fils et de ma sœur, pour l'enterrer aux côtés de ma mère. J'avais été jusqu'au terme de sa recommandation.

— « Voilà, il est là. Tu es heureuse, maintenant ? Vous ne serez plus séparés. »

⁂

C'est à eux que je pense en montant l'escalier qui me conduit à l'appartement. Pour la première fois j'y rentre seul, sans voir filtrer sur le palier la lumière de l'entrée, sans entendre à travers la porte le son de la télévision.

Tout est sombre. J'ouvre. J'allume. Surpris par le silence, j'ai l'impression de pénétrer dans ces lieux par effraction.

Le parquet craque sous la moquette et me fait sursauter. Les fenêtres n'ont pas été ouvertes depuis longtemps. Une odeur rance de médicaments et de poussière flotte dans l'entrée. Le jour décline. Je connais tout de cet appartement : la place des meubles, celle des objets. Je pourrais fermer les yeux et m'y diriger en aveugle.

Dans l'entrée, je suis face à ce portrait d'enfant élégant, bien peigné, un pastel frais aux couleurs délicates. L'enfant regarde le peintre, nous regarde, d'un œil bleu que je reconnais. Tout change dans les visages, excepté les yeux. Sur ce tableau, Marcel doit avoir sept ou huit ans. A cette époque, sa famille est aisée. C'est avant le Krach de 1929 qui ruinera son père, Juif alsacien fier de l'être, et contraindra Marcel à interrompre ses études à quinze ans, pour nourrir la famille.

Marcel a fait très tôt irruption dans ma vie.

Je voyais que ma mère l'aimait beaucoup. Il venait à la maison tous les mardis soir, le jour où ma mère et mon père recevaient leurs amis. Ils jouaient beaucoup au bridge. Je m'asseyais près de la table, me faisais tout petit pour me faire oublier et observais. Marcel m'a fait partager sa passion, le temps de mon adolescence ; nous avons même participé à des tournois, et, parfois, gagné.

Je n'ai pas été surpris que Maman se remarie avec lui, plutôt soulagé que la situation s'éclaircisse enfin. J'avais compris depuis longtemps qu'il aimait ma mère plus que mon père n'aimait celle-ci, et qu'elle trouvait auprès de lui le réconfort et l'affection qui lui manquaient cruellement après les drames familiaux.

Catherine avait quitté la maison pour poursuivre ses études. Sur une photo figurant en bonne place dans leur chambre – c'est le jour de leur mariage – ma mère est radieuse, enfin. Lui aussi, assis à côté d'elle sur un canapé. Il la tient par la main. Je suis assis de l'autre côté, jeune garçon grave et triste, coiffé en brosse, la tête sur l'épaule de maman, et les deux bras accrochés aux siens. J'avais tellement peur de la perdre ! Tellement peur qu'il l'enlève à mon affection !

Ces années heureuses me reviennent en mémoire en parcourant les pièces de l'appartement. Ici, la table de la salle à manger, qui servait également à jouer aux cartes, à faire les comptes, à étaler les journaux. Là, le salon avec les bibliothèques et la cheminée, les grands fauteuils et le coin pour la conversation, réservé à ma mère, lorsqu'elle recevait des visiteurs. La chambre, de l'autre côté de l'entrée ; la cuisine au fond du couloir, où nous prenions nos repas le plus souvent.

Quand j'éclaire le lustre, ressortent dans leur nudité blafarde, des chaises roulantes, des paquets abandonnés avec d'innombrables boîtes de médicaments. La porte de la salle de bains est ouverte. S'en dégage une odeur de moisi, de serviettes humides ; les brosses à dents, les peignes, les vieux savons desséchés sont posés là sur le bord du lavabo, inutiles.

Ailleurs, tout est resté comme ma mère l'avait laissé. Mon beau-père n'avait rien touché après sa mort. Six ans sans déplacer un objet. Toute leur vie est là.

J'erre de pièce en pièce. Instinctivement j'essaye de retrouver la disposition d'antan. Avec rage, j'enlève le lit à roulettes, évacue tout ce que je peux. Je n'ai même pas ôté mon manteau. Je suis en nage et m'effondre sur le fauteuil couvert de velours rouge sombre dans lequel ma mère s'asseyait toujours.

La nuit est tombée. J'éteins. Seul pénètre dans la pièce l'éclairage de la rue.

3

Le samovar

Chaque jour, en rentrant de l'école, j'effleurais de la main le samovar posé sur le buffet de l'entrée. J'aimais voir mon visage déformé dans le miroir de ses courbes. Dressé de toute sa masse argentée, portant des traces d'usure qui laissent apparaître le cuivre, il trône. Souvenir de mes grands-parents, emporté en quittant la Russie ? Cadeau de mariage après leur installation à Paris ? Depuis quand ne sert-il plus à préparer le thé ?

*
**

Ma mère était née Gornick. Ils étaient sept frères et sœurs. Ma mère se déclarait incapable de me donner précisément la liste de ses oncles et tantes, tant du côté paternel – Gornick – que du côté maternel – les Levitsky qui étaient sept également. J'avais essayé à la fin de sa vie, avec ma fille Judith, d'établir un arbre généalogique.

— Voyons maman, fais un effort. Tante Fanny, c'était qui ?

— Elle est morte de la grippe espagnole, en 1921.

— Bon alors, qui était l'aîné ?

Ma mère mettait une mauvaise volonté évidente à répondre.

J'insistais : qui sont donc les personnages de cette photo, placée dans un cadre en argent, posé près de son fauteuil sur la petite table, juste à côté de l'étoile de David dorée sur fond bleu ? On y distingue au centre un petit garçon en chemise blanche, une grosse lavallière noire autour du cou. Les cheveux clairs sont coupés très court. Qui est-ce ? Quel a été son destin ? A côté de lui, assise, une femme plus âgée, sa mère sans doute. Ses cheveux sont tirés en arrière. Elle tient entre ses mains un éventail en plumes. De l'autre côté, une jeune femme, assise également, porte une longue tresse sur l'épaule qui lui descend jusqu'à la taille. Derrière eux, un petit garçon habillé de blanc et deux jeunes hommes cravatés entourent une jeune femme pâle portant de très fines lunettes. Un milieu bourgeois, distingué. Les Gornick, d'Odessa. Que sont-ils devenus, eux tous, mes ancêtres ?

— Famille russe, grommelait ma mère.

Aucune inscription au dos. Juste la marque sur le cadre : *Tiffany – Sterling Silver*, et des chiffres.

Ici ou là, dans l'appartement, sont éparpillés d'autres témoignages. Cette assiette russe en bois sur laquelle est gravée une inscription en caractères cyrilliques. On y voit un personnage habillé en moujik, portant une longue barbe blanche. Il semble me regarder. D'où vient-il, celui-ci ?

Dans le tiroir du meuble sur lequel est posée la

photo, je trouve l'acte de mariage des parents de ma mère.

Le 27 septembre 1913 ont comparu devant nous, Maire-adjoint du Ve *arrondissement de Paris, Georges Gornick né à Odessa, Russie, le 15 avril 1887, fils de Yochka Gornick et de Ida Weissman, et Sipa Levitzka, née à Poltava, Russie, le 10 avril 1887, fille de Aron Haïm Levitsky et de Sonia Gourvitch.*

Ils avaient fui la Russie, à cause des pogroms de 1905, après la révolution manquée. Cet épisode avait enflammé mon imagination ! En fermant les yeux, je voyais mon grand-père, jeune intellectuel de cette communauté juive, si nombreuse et si brillante, dans l'Odessa des tsars, prêchant la révolution et courant avec les marins du cuirassé *Potemkine* pour obtenir plus de liberté, plus de démocratie, un Etat plus clément.

En fait, ma mère avait été évasive quant à nos origines géographiques. J'avais entendu parler d'un oncle à Tbilissi, en Géorgie, pharmacien, qui avait fait évader mon grand-père de la prison où il avait été incarcéré, comme des dizaines de milliers de Juifs soi-disant « révolutionnaires ». De temps à autre surgissaient dans la conversation des morceaux de famille à Tbilissi, et à Bakou également, puisque l'on parlait souvent des Zylberberg de Bakou, dont on avait perdu la trace et qui étaient venus à Paris en 1921. Je savais que ma mère avait correspondu avec Ladia Zylberberg, son cousin qu'elle appréciait beaucoup. Mais après les purges staliniennes, plus de lettres, plus rien.

De temps à autre, sorti d'on ne sait où, surgissait à la maison l'oncle Michel. Il venait toujours sans prévenir. Il ressemblait beaucoup à son frère Georges Gornick, mon grand-père. Il nous rendait visite dans l'espoir de nous vendre des pull-overs. Jamais ma mère ne l'invitait à rester un peu ou à dîner. Elle lui donnait de l'argent, en échange de lainages que nous n'utilisions pas, et le mettait à la porte. Elle lui parlait russe, et était toujours en colère contre lui. Elle était très liée avec la femme de l'oncle Michel qui s'appelait Suzanne de Villers, une goy, fille d'un hobereau breton. Pianiste, elle venait chaque semaine me donner des leçons. Pendant neuf ans, elle est venue tous les jeudis me faire jouer, sous l'œil attentif de ma mère. Nous sommes partis en vacances avec tante Suzanne, mais l'oncle Michel n'était jamais là et, après la mort prématurée de ma tante, ma mère ne l'a pratiquement plus revu. Je crois qu'elle lui reprochait de mal se conduire avec sa femme, d'avoir passé sa vie à quémander de l'argent. Je n'ai rien su de leurs différends, ni de cet emportement qui animait Maman contre le seul Gornick ayant survécu à la guerre. Peut-être lui en voulait-elle justement de cela ?

Dans les documents, j'ai retrouvé quelques correspondances et le refus de ma mère d'accepter l'héritage d'oncle Michel. Il ne laissait que des dettes. J'ai découvert également ses papiers d'identité et son vrai prénom, Moïse. Il était né à Balta près d'Odessa. Comment et quand Moïse s'était-il transformé en Michel ? Que s'était-il passé entre eux ? Mes questions restèrent sans réponse.

Les Levitsky étaient d'extraction plus rurale. Une ville d'Ukraine, Romny, province de Poltava. C'était une famille juive persécutée, après l'attentat manqué contre Alexandre II, auquel un Juif avait eu le tort de participer. Les cosaques sévissant, les Levitsky décidèrent de partir. Certains se dirigèrent vers les Etats-Unis, où mon oncle Louis, devenu Lewitt, s'installa à Pittsburgh, Pennsylvanie. Il devint quincailler. Les autres s'arrêtèrent à Paris, patrie des Droits de l'homme et des libertés, où ils débarquèrent en mars 1906, sans que je ne connaisse les conditions exactes de leur installation.

En obtenant communication du dossier de police, établi à l'occasion de leur demande de naturalisation, en 1923, j'appris que Georges Gornick était retourné en Russie le 14 novembre 1908 accomplir ses devoirs militaires et qu'il y fut blessé gravement à la tête par le sabot d'un cheval. Réformé, il revint en France en 1910, où il rencontra ma grand-mère dans les milieux russes émigrés, et l'épousa en 1913.

J'ai donc une cousine en Amérique, Ellain, fille de l'oncle Louis avec qui je corresponds, et de la famille en Israël dont j'ai perdu la trace. Quant aux Russes, un jour, ils ont ressurgi du néant. La Croix-Rouge effectuait des recherches pour retrouver Raymonde Gornick. Entre-temps, ma mère avait changé deux fois d'identité et plusieurs fois de domicile. Ce ne fut pas facile, pour les Zylberberg, de la retrouver, soixante ans plus tard. Marek sonna un jour à la porte de notre appartement. C'était lui, le fils de Ladia, né, par un de ces hasards invraisemblables le même jour, la même année que moi. Il était venu à Paris chercher ses oncles et tantes français qu'il n'avait jamais vus. Il ne savait rien de notre histoire, de la guerre, des morts et des naissances. Ils pleurèrent beaucoup, s'embrassèrent et ma mère partit en 1989 pour Leningrad qui n'était pas encore redevenue Saint-Pétersbourg. Un immense bateau de croisière s'arrêta au bord de la Neva. Ma mère s'essouffla en montant la passerelle. Elle revit, bouleversée, son cousin Ladia, et fit connaissance avec Lioubia, sa femme, la mère de Marek. Elle reparla russe des soirées entières. Tant de souvenirs à évoquer, de récits et de drames à se raconter !

Quelques années plus tard, je partis à mon tour pour Leningrad avec Julien, âgé de onze ans, pour qu'il fasse connaissance de cette partie de la famille. Nous bûmes beaucoup de vodka. L'année suivante, Ladia mourut. Avec Marek, nous continuons de nous rendre visite, prolongeant le lien familial du siècle dernier.

***

Ma mère avait-elle effacé la Russie de sa mémoire ?

Je me souviens qu'enfant, je dormais sur un lit installé dans la salle à manger. A cette époque, je n'avais pas encore de chambre. J'avais peur dans cette grande pièce où aucun de mes livres, jouets et objets rassurants n'avait sa place. Quand ma mère venait, le dîner achevé, la toilette faite et les prières récitées, j'étais assis dans mon lit, le pyjama boutonné. Je l'attendais, attentif au moindre bruit, guettant impatient son pas dans le couloir. Rien ne comptait plus. Elle arrivait, son odeur me mettait toujours en émoi. Elle s'installait, dans un fauteuil, à côté, ou s'asseyait au bord du lit. Je préférais la sentir toute proche.

— Viens plus près, Maman.

— Que lit-on, ce soir ?

Alors, elle me parlait russe.

— *Malienki Jeromtchik, Ia tibia lioubliou*, si tu savais.

— Que dis-tu, maman ?

— Rien, rien.

L'essentiel était cette voix si chaude, douce, parfumée comme elle, qui me caressait plus encore que ses mains. A ce moment précis, la nuit venue, la pièce éclairée seulement par une petite lampe de chevet rouge, accrochée au lit par une grosse pince, j'entrais dans son univers, celui de ses ancêtres inconnus, disparus ou éparpillés dans le monde. Ceux-là même qui ressurgissaient, de temps à autre, au hasard des cartes postales envoyées de Londres ou d'Amérique et sur lesquelles je ne déchiffrais aucun mot. Elle me disait simplement : « C'est mon oncle Michel, le frère de ton grand-père » ou bien « C'est mon cousin » sans que je sache jamais précisément de qui Maman parlait. Elle n'aimait pas regarder les photos des morts.

Dans la nuit, lumières éteintes, n'existait que la sonorité des mélodies. Cette langue si belle m'entraînait, apaisé, vers le sommeil.

La nuit, elle me chantait en russe ; le jour, elle me parlait en français.

Je retrouve, rangé soigneusement dans le tiroir de sa commode, un album de contes russes. L'histoire de la petite Macha, livre illustré de photos et de dessins de couleur sépia. La petite Macha est aux prises avec un gros ours brun qui l'héberge dans la forêt où elle s'est perdue et lui fait confectionner des petits pâtés. En allant les vendre en ville, elle retrouve son Papa et sa

Maman. Je ne me lassais pas de cette histoire. Le livre est déchiré, recollé, les pages se détachent, d'autres manquent, mais en feuilletant ce qu'il reste du livre, les voix russes de ma mère et de mes tantes ressurgissent.

Ce livre de contes était un cadeau de ma tante Tania, rescapée de la guerre avec sa sœur Bella. Après la mort de leur troisième sœur, ma grand-mère Sipa, les deux sœurs ne se quittèrent jamais. On les voyait se promener au Luxembourg, chacune appuyée sur le bras de l'autre, habillées de noir, ou de gris, chapeautées, marchant lentement, portant des lunettes noires à cause de leurs yeux fatigués. Deux vieilles dames, dignes et fragiles, qui se mêlaient aux promeneurs près du kiosque de la rue Médicis, chuchotant en russe leurs souvenirs de la lointaine Ukraine d'où elles avaient fui depuis si longtemps.

Ma mère téléphonait chaque matin à sa tante Tania, sa préférée, qui était veuve et sans enfant, alors que Bella avait un fils, Jo, et une petite-fille, Elisabeth. Au téléphone les réponses à sa tante Tania étaient toujours les mêmes :

— Mais oui, Tanichska, je vais bien. La pharmacie ? Ça va. Beaucoup de malades, les affaires marchent.

— Oui, oui, je te remercie, Marcel est en voyage. Ça va, ça va.

— Non, non, en ce moment Jeromtchik n'est pas malade. Mais il reste à la maison, on ne sait jamais.

— Mais rien, Tanichska, je ne te cache rien. Pourquoi veux-tu que je te cache quelque chose ?

Tania appelait toujours maman « Rivotchka ». Jo aussi. Cela me plaisait.

— Oui, oui, c'est promis, je t'appelle demain, comme d'habitude. Je t'embrasse Tania. A demain, oui, c'est promis.

A la maison, elle parlait russe, surtout lorsqu'elle ne voulait pas que je comprenne. Je ne retenais que les prénoms : « ... Yves... Dadia... » Parfois elles pleuraient toutes les deux. Je partais en courant vers le lycée Montaigne où je retrouvais mes professeurs de français, de latin, d'anglais, d'allemand, laissant à la maison les larmes, le russe, les secrets, les colères, la douleur, les aveux tendres, affectueux. La maison était russe, l'école française.

Une fois par semaine, ma tante Tania venait déjeuner à la maison. Marcel allait la chercher rue d'Ulm, au 30, dans l'appartement d'un immeuble aujourd'hui démoli et devenu une annexe de l'Ecole normale supérieure – deux pièces, meublées dans le style des années trente que nous trouvions affreux. Elle attendait, son éternel chapeau noir à voilette sur la tête, prête depuis deux heures, anxieuse à l'idée que nous pourrions ne pas venir. Parfois, malgré ses mauvaises jambes, elle était déjà descendue sur le trottoir pour nous éviter de monter jusqu'à son troisième étage à pied. « C'est pour ne pas vous fatiguer », disait-elle, tenant à peine debout, silhouette frêle, si attendrissante. Elle avait un accent terrible, pleurait d'émotion en me voyant et m'étreignait avec une telle puissance que je craignais pour ma colonne vertébrale. Elle me bourrait les poches de bonbons en souriant.

A table, la conversation prenait une tournure étrange.

— *Tanisckha, otchin* haricots verts ?

— *Spassiba, nie mnochko Rivotchka.*

— Et toi, mon chéri ?

J'avais fini par m'habituer à ce mélange des langues. Au dessert, tante Tania sortait d'un sac en papier de délicieux gâteaux sucrés à la confiture, parsemés de pavot et d'autres épices venues du Caucase. J'ai encore dans la bouche le goût de ces gâteaux si doux... et l'odeur surtout, âcre et sucrée à la fois, que je n'ai jamais retrouvée. Au troisième gâteau je criais grâce, mais ma tante prenait un air si malheureux, craignant que je ne les aime pas, que j'étais prêt à m'étouffer de peur de la voir pleurer. « Mange, mon chéri », disait Maman inquiète que je n'aie pas faim. La balance, dans la pharmacie familiale, vérifiait régulièrement que j'avais mangé suffisamment.

Ma tante Bella est morte la première. Tania, âgée, n'a pas supporté, tant elles avaient été inséparables depuis Poltawa. Elle ne sortait plus. Elle est morte dans la nuit du 23 au 24 février 1969. Dans ses papiers, conservés par ma mère, j'ai trouvé peu de choses, sauf le décret de naturalisation et l'original du *Journal officiel* du 2 février 1926, ouvert à la page 1525, qui lui confère la nationalité française.

Après sa mort, jusqu'au retour de Marek, ma mère n'a plus jamais parlé russe à la maison.

4

La chasse au trésor

Il va falloir vider l'appartement. J'ai beau retarder ce moment, je sais que si je traîne trop, je n'y parviendrai jamais. Il pourrait s'installer en moi une délectation morose à venir ainsi chaque jour, seul, m'évader avec mes souvenirs.

Ma sœur Catherine, ma sœur aînée, mon unique sœur, est venue la première choisir ce qu'elle veut garder de ma mère. Un lien indestructible nous unit. Nous n'avons pas vécu ensemble dans cet appartement mais dans celui de la rue du Cherche-Midi, où Catherine habitait encore il y a peu. Tout ce qui est ici lui est presque aussi familier qu'à moi.

Elle prend un papier, un stylo – comment s'en passer ? –, entreprend d'établir la liste des objets qu'elle veut conscrver.

— Les éventails japonais, tu y tiens ?

— Et ce tableau du rabbin, avec sa colombe ? C'est moi qui le lui avais offert...

— Oh, mon Dieu, ces coupes, tu te souviens ? Elles étaient déjà là dans notre enfance...

Elle s'attarde sur la main en porcelaine, doigts dressés, sur laquelle on enfile les bagues et laisse filer les colliers. Dans la chambre, elle note tout sur une petite feuille de papier, au fur et à mesure de notre progression.

Nous ne parlons guère et ressentons le même malaise à procéder à la répartition. D'ailleurs je ne reverrai jamais la liste, qu'elle cachera aussitôt après l'avoir établie. Hériter, c'est toujours compliqué. Pourquoi s'emparer de cette lampe 1900, dont la forme ronde, entourée d'une femme qui l'enlace de ses bras, était si harmonieuse, sur la commode de l'entrée ? Avec ma sœur nous n'avons guère le cœur à bavarder.

Catherine s'en va, me laissant seul dans cet appartement déliquescent. Oh ! C'est encore imperceptible : de la poussière plus que de coutume sur les meubles ; un tableau qui penche dangereusement ; des sacs abandonnés dans l'entrée ; des piles de serviettes posées sur la table de la salle à manger ; une ampoule électrique non remplacée ; une somme de détails presque insignifiants qui, pour mon œil attentif, sont autant de symptômes d'un désordre profond. Rien ne peut y remédier. L'ordre : quel sens donner à ce mot sans la présence de ceux qui l'ont défini ?

***

Mes filles arrivent, émues, intimidées comme moi, mais si gaies. Leur frère, absent de France pour plusieurs mois, n'est pas avec elles.

— Bon, par quoi on commence ? Ça sent le renfermé ici, me disent-elles, en ouvrant les fenêtres.

Avec ma sœur, nous ravivions des souvenirs. Avec mes filles, les objets connaissent une nouvelle vie.

— Faites un tour et choisissez ce que vous souhaitez conserver de votre grand-mère.

Elles sont surprises par ma proposition, gênées surtout. « Ne touche pas, c'est fragile », leur disait leur grand-mère. Alors, aujourd'hui, rien ne serait plus fragile ?

La chasse au trésor commence. Je les regarde errer de pièce en pièce, décontenancées par l'absence de ceux qu'elles y ont vus vivre et par l'image du déclin. Leur gaieté laisse place à la consternation. Elles n'osent toucher à rien. Cela leur était interdit jusqu'ici. Un cendrier volé au *Ritz* à Paris suscite de surprenantes convoitises.

Ma mère aimait dérober des savons ou des cendriers dans les hôtels. Je me souviens de mon effarement, un été, quand je la vis ouvrir son sac au milieu du repas et, négligemment, l'air de rien, y faire tomber un cendrier qui lui avait plu. Sans compter les cintres dont nous comptions d'innombrables exemplaires. Je compris un jour pourquoi elle les préférait en tissu. A l'étranger, il lui arrivait d'acheter à l'état brut des émeraudes, des saphirs, des lapis-lazulis, toutes sortes de pierres précieuses ou supposées telles. Pour ne pas avoir d'ennuis à la douane, elle décousait l'enveloppe des cintres et cachait à l'intérieur les pierres qu'elle avait âprement négociées ici ou là. Était-ce le goût du risque, le petit frisson que provoque la conscience de passer outre l'interdit ? L'œil malicieux, elle me glissait : « Ne dis rien, mon chéri... » Elle rentrait, triomphante, son cendrier à la main : « Voilà, voilà... »

J'étais fier, amusé, étonné et finalement complice de ces chapardages innocents. Ils ont cessé à son second mariage. Marcel ne supportait pas le moindre écart à la règle. Il s'étouffait de colère lorsque ma mère ouvrait ses valises, au retour d'un voyage, et commençait à déballer son butin. L'air penaud elle attendait que l'orage passe ! La vue d'un douanier rendait Marcel malade. Plus question de faucher, de tricher – car elle trichait bien sûr aux cartes, même en faisant des réussites, et, au bridge, regardant ostensiblement le jeu de ses voisins. Pour Marcel, c'était inadmissible. Elle dut rentrer dans le rang, mais continua, en cachette à se permettre quelques écarts. Ainsi, elle ne supportait pas de faire la queue au cinéma. Je l'ai toujours vue se diriger directement vers la caisse d'un air décidé quelle que soit la longueur de la file des spectateurs. Quand les protestations étaient trop véhémentes, elle se glissait dans la file d'un air dégagé et m'appelait, moi qui étais resté derrière, pétrifié par son culot :

— Viens vite, mon chéri, je suis là.

Sur le tard, il lui en était resté le goût des cadeaux publicitaires. Tous les journaux y passaient, les catalogues de *La Redoute*, *Marie-Claire*, Damart, que sais-je encore. « Vous avez gagné ! » disait la publicité. Et elle recevait par la poste d'innombrables objets inutiles, en général des réveils ou des lampes, des bijoux fantaisie en toc et souvent de très mauvais goût, des stylos médiocres. Sans compter les pendulettes en plastique. Fière, elle exhibait ses dernières trouvailles, inondant ses petits-enfants de cadeaux qu'ils recevaient avec un :

— Oh ! Merci, Mamie !

— C'est joli, hein ? disait-elle, imperturbable.

— Très, très joli, Mamie, répondaient-ils avec un sourire figé, souvent hilares lorsqu'ils rapportaient à la maison leurs trophées du jour.

— Alors, qu'avez-vous ramené, aujourd'hui ? demandait Julien, goguenard, à ses sœurs, lui qui recevait des T-shirts particulièrement voyants au retour des croisières qui occupaient leurs loisirs de retraités.

Et, dans un grand éclat de rire, elles sortaient de leur poche une ou deux breloques qui s'ajoutaient dans un coin à celles qu'elles avaient reçues la semaine précédente.

Je vois les mains de mes filles s'emparer des tableaux, des bibelots, les examiner, les reposer. Elsa s'intéresse à la peinture naïve, en provenance d'Haïti, à un perroquet en bois, à des poupées de Java. Quant à Judith, ce sont les souvenirs personnels qui la touchent.

— Et le mortier ? Je peux le prendre, le mortier ?

— Et le gong ?

J'avais oublié ce gong de petite dimension, cercle en laiton suspendu à un trépied, sur lequel on frappait à l'aide d'un petit marteau recouvert d'un cuir usé, destiné à amortir le son. Cet objet avait servi, il y a très longtemps, à rassembler les convives au moment des repas, dans la maison de campagne de mes parents à Nesle-la-Vallée. Pour Judith, cet objet insolite, évocateur d'un passé lointain plutôt pénible pour moi, lui est familier ; elle souhaite se l'approprier.

— Il m'impressionnait, dit Judith. Je l'évitais en entrant. Mais pour cela, j'y tiens.

Les voir ainsi toucher, manipuler, déplacer les objets sans gêne me fait du bien. Je me sens arraché à mes souvenirs, poussé vers l'avant.

De temps en temps, j'éprouve un pincement de cœur. Lorsque Judith, par exemple, demande à emporter la boule de cristal.

— Tu comprends, me dit-elle, c'est là qu'elle lisait mon avenir.

Cette boule, nous l'avons si souvent regardée et caressée ensemble ! Comme l'étoile de David sur fond bleu, enserrée dans son bloc de verre. Nous regardions au travers pour essayer d'y lire l'avenir :

— Que vois-tu, Maman ? demandais-je.

— Je te vois, toi, mon fils, tu me rends si heureuse.

Emu, je lui demandais ce que je ferais plus tard, quand je serais grand, si j'aurais des enfants ; elle me regardait en souriant :

— Allez, il faut d'abord compter sur toi-même et travailler.

Ce qui ne l'empêchait pas d'aller souvent chez les diseuses de bonne aventure, cartomanciennes et autres spécialistes de la divination. Elle ne manquait jamais de s'y rendre avant chacun de mes examens, pour connaître d'avance les résultats. Elle revenait, triomphante, à la maison.

— Ne t'inquiète pas, mon chéri, tu seras reçu, c'est la voyante qui me l'a dit.

A la longue, je finissais par y croire. D'autant que ma grand-mère paternelle allait de son côté mettre des cierges au Sacré-Cœur. Entre les voyants et Dieu, des forces souterraines prenaient soin de moi. Ça donne de l'assurance.

Je me souviens toutefois qu'elle avait été terriblement troublée en revenant d'une de ces visites mystérieuses. La voyante lui avait prédit qu'elle mourrait à quatre-vingt-trois ans. Elle me l'avait rappelé quelques jours avant sa mort, lorsqu'elle avait atteint cet âge :

— Tu vois, il est temps. La voyante me l'avait dit.

J'étais parti en haussant les épaules.

Quant à Sarah, elle s'est installée devant la coiffeuse sur laquelle ma mère posait des bijoux et différents objets, tout un bric-à-brac.

Des boîtes de toutes sortes, une montre, quelques vaches, car elle croyait – ou disait croire – en la métempsycose et était convaincue qu'elle revivrait un jour, transformée en vache. Des vaches sous forme de tableaux, de petites sculptures, en bois, en porcelaine, en laiton. Je n'ai jamais su si c'était chez elle un jeu, ou une aspiration mystique ni comment elle conciliait cette idée avec son profond attachement au judaïsme. Mais un jour elle avait confié, l'air de rien, que « c'était pour voir passer les trains ».

— Tu verras, après ma mort, il y a beaucoup de choses dans les placards, me disait ma mère en désignant des portes fermées au-dessus des meubles où étaient rangés les vêtements.

D'un carton surgissent des morceaux de fourrure. Un grand-père fourreur, ça laisse des traces. Les voilà. Pas de pièces confectionnées, pas de renard argenté à mettre autour du cou, d'étoles de vison à jeter sur les épaules. Non, des petits morceaux de tailles et de formes variées. Les souvenirs du magasin familial passent de main en main, avec de grandes exclamations. On improvise des concours d'élégance, imaginant le luxe, les défilés de mode, leur univers. Je me prends au jeu et, à mon tour, palpe les morceaux de loutre ou d'hermine, et leur contact contre mes joues fait ressurgir de ma mémoire la douceur des manteaux de ma mère, lorsqu'elle partait dîner en ville avec mon père. Ma mère me paraissait si grande, et la fourrure si douce ! « Reste avec moi », disais-je, m'accrochant à son vison.

— Laisse-moi, mon chéri, je viendrai t'embrasser en rentrant.

— Alors je t'attendrai. Reviens vite.

Sarah, juchée sur un escabeau, nous tend un grand carton plat rempli de vêtements. Nous les déplions un à un. Une robe longue noire, ornée de haut en bas de perles cousues, en léger taffetas, une veste blanche avec du strass et des paillettes, un serre-tête de soirée, assez étrange. Un chapeau cloche en feutre, aussitôt placé sur la tête de Judith, qui éclate de rire en esquissant deux pas de charleston. Heureusement, mes filles dissipent l'émotion qui m'étreint en improvisant cette séance de déguisements. A qui ont appartenu ces vêtements ? A ma mère, à ma grand-mère ?

D'un autre carton, surgissent des chemises de smoking, des faux-cols, des plastrons, des boutons de manchettes en nacre. Là, pas de doute, c'était à mon grand-père.

— A quoi ça sert, tout ça ? me demande Elsa, aussi déconcertée que si je lui montrais des habits à rubans et des culottes bouffantes.

Nous replions tout, effrayés par la multitude de cartons, de boîtes, de valises en cuir, paquets emballés dans de vieux journaux et attachés avec une grande ficelle blanche. Jamais je n'avais ouvert ces placards. Ce sont ses souvenirs, ses reliques. Seul, j'aurais eu le sentiment d'une profanation.

Mon neveu et ma nièce sont venus ensuite. Le premier, Michel, attaché à la mémoire juive, s'intéresse à la bibliothèque. Tous les livres, et il y en a beaucoup, qui racontent l'histoire, l'art, les différentes branches de cette grande famille juive le passionnent. Quant à Cécile, elle a des idées très précises : assiettes anciennes, vases, livres ou bibelots les plus liés à sa relation avec sa grand-mère. Pourtant, à chaque objet choisi, je sursaute, je croyais ne pas y attacher d'importance et cela en prend soudain du seul fait que quelqu'un d'autre s'y intéresse.

Les objets s'en vont peu à peu. Je vois son univers se décomposer autour de moi. Je ressens un mélange de détresse et de jubilation : détruire le mausolée, geste insensé, et qui pourtant se transforme peu à peu en un étrange plaisir, celui de l'abandon.

Après chaque visite, je comble les vides, déplace les tableaux, dispose différemment les bibelots. Imperceptiblement, tout se défait. Je m'habitue à cette dispersion, hésitant entre la révolte et le consentement honteux.

Depuis des semaines, la femme de ménage ne vient plus. Toute la poussière du monde envahit la pièce. Les vases sont désespérément vides ; faute de soins, les plantes vertes meurent l'une après l'autre, elles aussi. Je les enlève. Sur le tapis, elles laissent de grandes taches noires.

5

La pochette rouge

Dans un placard, je découvre une pochette rouge. Le cuir est souple. L'une des faces est ornée d'arabesques dorées. Elle est très épaisse et contient une abondante correspondance. Intrigué, je l'ouvre et au hasard, j'extrais une lettre d'Yves, mon père. Je reconnais son écriture : petite et précise, aux caractères bien formés. Sur une autre, celle de ma mère, plus lâche, partant vers le large, respirant la rêverie. Les enveloppes ont également été conservées. Je repère quelques dates : 1935, 1937, 1938. Ils se sont donc tant écrit ! Je range tout. J'entreprendrai la lecture plus tard, au calme.

La pochette rouge demeurera plusieurs mois dans un tiroir. Je me contente de la regarder, d'en caresser le cuir. Il est beau. Il a résisté au temps.

Un jour, enfin, je l'ouvre. Je déplie une à une les lettres rédigées sur un papier tantôt bleu, tantôt beige, j'apprends à comprendre les écritures. Plus nombreuses sont les lettres de mon père, écrites avec une telle finesse qu'il faut presque utiliser une loupe pour parvenir à les lire. J'essaye de rétablir la chronologie.

⁂

Tout semblait si simple dans la France des années trente. En 1937, l'année de leur mariage, Yves accomplit son service militaire – deux ans – en tant qu'élève officier pharmacien, tout en terminant ses études à la faculté. Sur une photo d'identité, réalisée au magasin *Les Trois Quartiers*, je vois un homme jeune aux traits réguliers, à la chevelure brune, abondante, plaquée en arrière avec une raie sur le côté. Il porte des lunettes cerclées d'écaille. Sa bouche bien dessinée est sensuelle. Il est habillé d'un costume foncé à larges revers, finement rayé, et arbore une cravate écossaise. Une pochette blanche se détache du veston. Il a l'air soucieux et appliqué. Très élégant, Papa, toujours.

Dans ses lettres quotidiennes, Yves décrit ses démêlés avec la hiérarchie militaire de Toul et surtout sa vie à l'hôpital militaire de Saint-Avold, sur la ligne Maginot où il avait été affecté. Sur une carte postale bistre, un grand bâtiment entre plaine et forêt, qui ressemble à toutes les casernes, en pleine campagne lorraine. Mon père a pointé d'une flèche l'emplacement de sa chambre sur la carte. Quel ennui ! Sur une autre carte, figure *Le quartier Perrin Brichambaut, 403e DCA de Toul* : grille en fer, bâtiments alignés, soldats de garde posant de loin pour le photographe, pavés au premier plan. Rageusement sur la carte est écrit : *Permission du dimanche refusée. Sans importance. Vous écris demain. Tendresse. Yves.* Au dos le menu et les signatures de ses camarades de chambrée.

Jamais il ne parle de politique, de l'actualité : les ligues défilent à Paris, Léon Blum gagne les élections, la France découvre les congés payés et assiste, silencieuse, à la montée de Hitler ; Franco et Salazar installent leur dictature en Espagne et au Portugal, et mon père raconte inlassablement sa vie de caserne et ses permissions, comme tout militaire qui se respecte... La chasse aussi, dont on ne sait si c'est une activité qui l'intéresse vraiment ou une convention sociale. Des fusils achetés avec son père *et qui ont coûté 4 000 F. Ils sont très beaux.* Il est aussi question de sa famille, de leur maison de campagne achetée en 1928, au Thoureil, sur les bords de la Loire, et de son chien Bobby.

Quelle était la vie de ce jeune homme au milieu des années trente ? Fils d'industriel ayant réussi et destiné à la pharmacie, comme son grand-père maternel Abel Lemy, ou à la médecine, à laquelle il prendra goût. Un jeune homme distingué d'après les photographies où on le voit en tenue impeccable, pantalons de golf, cravates, nœud papillon ou gilet, tenue de montagne avec chapeau et piolet, sportif avec lunettes de motocycliste. Sur sa moto et son side-car, il dispose pendant les haltes d'un nécessaire pour prendre le thé. Il lit, dessine, va au cinéma, il est plein de talents artistiques et s'intéresse autant aux activités intellectuelles qu'au bricolage. Il a beaucoup de goût mais parle peu de lui-même. En tout cas, il est amoureux. Et ce n'est pas simple. C'est l'essentiel de cette correspondance avec Raymonde Gornick, cette jeune fille si différente de son milieu catholique et breton. Elle lui plaît. Il le lui dit. Ils se sont rencontrés à la faculté de pharmacie en deuxième année.

Sur cette photo, elle est assise à une table de laboratoire. Elle porte une blouse blanche. Le soleil pénètre par une fenêtre située au-dessus de la paillasse. Devant elle un microscope et des éprouvettes. Ma mère a les cheveux courts tirés en arrière et une raie sur le côté gauche. Elle fait semblant de se concentrer pour le photographe, mais elle sourit largement. Au dos est écrit : *Paris, Faculté de Pharmacie, 21 mars 1937.*

C'est une jeune fille épanouie, insouciante, choyée par ses parents. La politique ne l'intéresse pas. Elle raconte, une fois, une conversation vive : *Hier soir, j'ai eu une discussion, très animée, avec mon oncle, qui m'a traitée de tous les noms, entre autre de sale réactionnaire, qui m'a lancé que si Hitler venait, chose que je parais désirer le plus au monde, je verrais bien, etc. Nous nous sommes quittés sur ces propos, froidement.*

Elle voyage beaucoup en famille et entreprend une longue et belle croisière sur *Le Champlain.*

Tous les documents de *la Croisière médicale française de Pâques aux îles de l'Atlantique* sont là, dans une grande enveloppe au fond du placard. Du 5 avril au 20 avril 1936, partis du Havre, ils ont fait escale à Lisbonne, Malaga, Casablanca, Ténériffe, Fenchal, Ponta Delgada puis retour au Havre. Le programme des activités est impressionnant : tir aux pigeons, concert, guignol, dîners en musique, tournois de palet, de ping-pong, de deck tennis, bals costumés, cinéma. Sur la liste des passagers, des noms d'amis sont cochés, Jean

Chevalier, Edouard Hacot, Jeannine Lévy, Jacques Wolf. Un journal du 19 avril 1936, *VIe à Bord* et *Nouvelles reçues par la TSF* informe que *des détachements turcs auraient pénétré dans la zone démilitarisée des Dardanelles* et que le général von Fritsch, commandant en chef de l'armée allemande, s'est blessé au cours de manœuvres à Bergen. Le conflit italo-éthiopien se dénoue. La Bourse présente des tendances irrégulières même si *la bonne tenue des fonds nationaux permet aux marchés locaux de pouvoir terminer au voisinage de la clôture de la veille* : le monde vu au travers des cours de bourse. Mais l'important, ce 19 avril est la finale du tournoi de ping-pong qui oppose à 15 heures Mlle Mercier à Mlle Packes et la séance de cinéma où l'on présente à 18 heures *La Chanson de l'adieu* avec Jean Servais, Marcel Vallée et Jeannine Crespin. On apprend enfin que le commissariat de Saint-Germain-des-Prés à Paris ne fournira pas d'agents pour assurer l'ordre lors des séances consacrées à l'élection des académiciens. Décidément, dans les années 30, tout était matière à émeutes...

Un album de photos a été constitué à cette occasion : des paysages, des monuments, le pont du bateau et beaucoup de passagers allongés sur des chaises longues. Sans compter les menus, tous conservés, chaque soir différents, illustrés de gravures en couleurs représentant des châteaux de l'Ile de France ou des Pays de Loire. La France des croisières Paquet.

Savez-vous que les étudiants portent de longues capes noires avec des franges et des redingotes ?, s'étonne ma mère, en escale au Portugal. Salazar a installé une dictature dès 1933, pas la moindre allusion. Est-ce au cours de cette croisière, au Maroc, qu'elle a acheté cette pochette rouge pour y cacher les lettres de mon père ? Elle se plaint d'être éloignée de celui qu'elle aime. *Hier, il y avait un grand bal et nous nous sommes couchés à 1 heure du matin.* Plus loin, elle note : *Je vous écris d'une chaise longue, un phono joue un air mélancolique. Cela convient tout à fait à mon tempérament oisif et je m'étire, Yves, que c'en est honteux. Demain, je fais escale à Malaga, d'où je vais à Grenade. Nous venons de doubler un paquebot que nous saluons à longs coups de sifflets !* Une jeunesse non pas oisive, car elle travaille beaucoup pour ses études, mais dorée, qui rappelle davantage les flâneries à la Morand que les bleus de travail laissés sur les plages des premiers congés payés.

A peine rentrée du Sud, elle repart. En juin 1936, elle est en séjour à l'hôtel *La Plage* à Etretat. *On a encore rapporté des perdrix à déjeuner. Yves, ne tuez pas trop ces pauvres animaux.*

Ce qui vaudra à mon père une réflexion de sa mère : « Mais c'est un hôtel de première classe ! », un peu étonnée que la famille Gornick mène un tel train de vie. Quel contraste entre la bourgeoisie provinciale française, retenue et attentive à l'économie domestique et cette famille d'immigrés encore tout étonnée du bonheur retrouvé, de la fortune conquise et de la prodigalité qui en découle. Car le trajet parcouru entre leur arrivée sans un sou à Paris et la vie aisée qu'ils se sont créée au fur et à mesure montre qu'ils ont su assez vite se faire une place dans la société française.

Je ne sais pas comment cela s'est passé pour eux. Ils sont là, ils ne comprennent pas la langue, ils sont étrangers. Comment ont-ils fait ? Je ne sais pas non plus où et comment les Levitski et les Gornick se sont rencontrés. Les Gornick travaillent beaucoup, élèvent leur fille avec une attention de chaque instant. Cela se voit : ils l'adorent, et tous trois ne se quittent jamais. Ils vivent entre eux, avec les sœurs et les frères russes, ceux qui, comme eux, ont bien réussi – l'un dans la pharmacie, l'autre dans la bijouterie, un troisième tient un restaurant –, et les autres, moins bien – alors, on les aide. C'est à cette période que les enfants de Salomon Levitski commencent une carrière dans la chanson et le music-hall. On va applaudir non sans réprobation la nièce Irène Hilda, qui a quatorze ans à peine lorsqu'elle se produit à Mogador, tandis que son frère Bernard commence une carrière de violoniste avant de devenir chef d'orchestre. Il connaîtra la notoriété lorsqu'il animera *La Piste aux étoiles*, l'émission de Gilles Margaritis. Tous deux quitteront la France, la guerre venue, pour se rendre en Espagne, aux Etats-Unis et poursuivront une brillante carrière. Bernard, installé à Barcelone comme chef d'orchestre à partir de 1940, aidera comme il peut les Français à passer la frontière et beaucoup lui en sont redevables. Dans la légende qui s'installe autour de lui, musicien et agent secret, il deviendra « l'Espion du *Ritz* » sur qui les Catalans entreprennent de réaliser un film aujourd'hui. Quant à Irène, elle s'engagera dans les forces armées américaines et chantera pour les soldats sur les différents fronts militaires en Europe...

Mon père raconte un séjour dans le berceau de la famille paternelle près de Sens, au Ruy, où vivaient les Clément depuis le XVIe siècle. Posséder des terres depuis quatre siècles, dans le même village, en portant le même nom, cela aide à envisager l'avenir avec sérénité. *Le croiriez-vous, Raymonde, le préfet a remis la Légion d'honneur à mon vieil oncle qui, malgré ses quatre-vingt-cinq ans, se tenait à table de façon formidable. Il y eut des discours, celui du sénateur en particulier, qui fut très réussi : « Vieille famille... attachée à sa terre depuis 1624... bel exemple à citer aux générations futures »...* Un ordre établi depuis des générations sur la même terre, une ascension sociale grâce à la République de Jules Ferry.

Mes arrière-grands-parents paternels montent à Paris, abandonnent Sens et Le Ruy et s'installent comme épiciers, rue Saint-Denis dans le Xe arrondissement. Leur fils, mon grand-père, élève brillant fut à l'école de la IIIe République, boursier de la ville de Paris, ingénieur chimiste et fondateur d'une entreprise de peinture et vernis.

Ils habitent à Meudon, 15, rue de Baudreuil, un pavillon qui existe toujours, près de la gare de Val-Fleury, une jolie maison en pierre meulière, pas très grande et, à l'époque, éloignée de la capitale. Une famille de la petite-bourgeoisie française ne parvenant plus à vivre de l'agriculture et venue à la capitale pour participer au développement industriel et donner à ses enfants des possibilités d'études plus approfondies. Les deux fils, Pierre et Yves, mon oncle et mon père sont lycéens à Versailles.

Toujours bras dessus, bras dessous, ma mère, pendant ce temps, accompagne son père à Deauville ou à Vichy. Une photographie – non datée, des années trente, me semble-t-il – au dos de laquelle est écrit au stylo bille *Papa et moi à Vichy* montre mon grand-père en chemise blanche, lunettes noires, sans cravate, les manches relevées jusqu'aux coudes ; ma mère porte un chapeau d'été à large bord, un corsage recherché qui laisse ses bras nus, une jupe longue lui descend jusqu'aux sandales blanches. Elle tient le bras de mon grand-père et lui sourit. On mène grand train, on reçoit. On se voit entre Russes. Sur un autre cliché, les trois beaux-frères, Gornick, Kamsky, Sirota, ayant épousé les trois sœurs Levitsky : Sipa, la plus jeune, Tania et Bella, l'aînée, née en 1882.

Les hommes portent des pelisses et des chapeaux de feutre sur la tête. Cigare à la main, ils se promènent sur les planches de Deauville ou sur la promenade de Nice, jamais très loin des casinos... Leurs femmes sont élégantes, portent des chapeaux cloches, des ombrelles à leurs bras ou des fourrures autour du cou, selon les saisons. Insouciants, prodigues, souriants. Juifs ? Fidèles à leurs racines, n'ayant rien oublié des raisons de leur départ d'Odessa, et très reconnaissants à la République française de leur avoir donné la chance de vivre heureux.

Ma mère est radieuse. Ici, elle est face au soleil. Tout en rondeurs. Les yeux, plissés et fendus, que l'on devine plus que l'on ne les voit à cause de la lumière. Elle porte une veste sombre, un peu lâche, ouverte sur une chemise bleue à col rond. Elle est très souriante, toujours.

C'est une belle jeune femme à qui mon père offre en novembre 1935 – ils se connaissent à peine – un petit livre intitulé *Le Vieux Carnet rouge* de Jacques Deval, recueil d'aphorismes et de maximes, classés pour chaque jour de la semaine *destinés à des hommes, et dont néanmoins vous pourrez faire votre profit*, écrit Yves en le lui dédicaçant, *Respectueusement*. Ce petit livre, premier cadeau sans doute, était soigneusement rangé dans la bibliothèque de Maman. Mon père rêve de cette jeune fille si mystérieuse qui parle une langue inconnue, lui qui est allé au lycée Hoche à Versailles puis au lycée Janson-de-Sailly, rue de la Pompe à Paris dans le XVIe arrondissement. Education traditionnelle dans un milieu tout à fait « bien pensant ». Il a pourtant fréquenté d'autres jeunes filles à qui on aurait tant aimé l'unir... Car, à l'évidence, les familles ne souhaitent pas cette union.

J'avais toujours pensé que l'intégration – par le mariage de leur fille unique avec un français, bourgeois et catholique – était l'aboutissement du parcours de mes grands-parents Gornick. C'était faux. Les familles étaient opposées au mariage.

Mon père, à plusieurs reprises, fait état de questions désagréables de sa mère et de tentatives sans lendemain pour lui trouver une fiancée acceptable – c'est-à-dire catholique et française, bien que ce ne soit jamais énoncé –, originaire d'Anjou ou de Bretagne, de préférence. Une jeune fille dont le père possède un petit château en Anjou, à côté de qui on le place à table, l'agace particulièrement : *Savez-vous que sa conversation m'a paru si peu intéressante,* écrit-il à Raymonde, *que j'ai fini par lui dire carrément qu'elle m'emmerdait ?* Et reviennent souvent des phrases comme celle-ci : *J'ai subi aujourd'hui les réflexions de Mme ma mère, Mon père s'est enfermé dans un silence total.* Y eut-il interdiction ? Non, mais on trouvait que « Mlle Gornick écrivait beaucoup ». Ils partagent les préjugés antisémites de la bourgeoisie française, petite et grande, sans jamais le dire. Sur une photo, à la loupe, je déchiffre le titre du journal antisémite *Gringoire*. Et ce diable de fils qui s'est mis en tête d'épouser une Juive : quelle idée ! C'est pour lui une façon évidente de s'opposer à son milieu familial et d'affirmer un caractère rebelle, individualiste, hostile à cet ordre social auquel il appartient sans l'aimer.

Mon père est près de renoncer et plonge dans un désespoir des plus romantiques. Parmi ces lettres figure un curieux texte, daté de janvier 1936, écrit apparemment pour lui-même : *Je vais inéluctablement vers la fin... Le beau roman d'amour qui avait commencé l'an dernier à peu près à la même époque va s'achever bêtement, stupidement. Pourquoi ? Nous avons entrevu tous deux la montagne d'obstacles qui nous séparait et, plus les jours passent, plus cette montagne grandit, alors qu'il n'y a pas si longtemps nous la voyions si petite, si loin... Raymonde était si lasse d'entendre de la part de toute sa famille, des siens, de ses amis israélites, les mêmes phrases, toujours, qu'elle m'a complètement désespéré. Je n'ai pas osé lui dire que, moi aussi, j'ai senti toute l'ampleur du mal... Nous allons être obligés de nous séparer, nous ne savons encore quand...*

Les parents de Raymonde veulent lui présenter un jeune homme « israélite ». Ses lettres indiquent clairement que l'union avec un goy ne plaît pas aux Gornick : *Maman m'a dit : « J'espère que, cette fois-ci, tu le recevras gentiment (un dénommé A. Weill) car tu vois bien...* et laïus sur les religions ; *Papa m'a fait dire que, cet hiver, il aimerait que je vous voie moins.* Vlan ! *J'ai le cafard en ce moment, car je vois que les événements actuels ne me donnent guère le sourire, nous sommes tiraillés chacun par nos familles et j'ai l'impression qu'ils tiennent bon... Et plus le temps passe, plus ils s'accrochent. Plus nous aurons du mal.* Et, dans une autre lettre : *Ma mère m'a fait un sermon toute la journée... Ma tante Tania Kamsky a failli faire un scandale, car elle trouvait que je restais trop avec vous.*

Un séjour à Chamonix où ils se sont retrouvés, apparemment à l'insu de leurs parents, suscite un petit drame : *Cet été, Papa voulait nous télégraphier de quitter Chamonix de peur que je vous revoie mais Jo a tout arrangé.* On lui présente un autre prétendant : *Vu l'oiseau, jeune homme, trente ans, juif, inintéressant. Jo et Pauline paraissent embêtés et furieux de cette histoire. Affaire classée, mais comme me l'a fait remarquer Jo, on m'en prépare d'autres pour cet hiver et il nous conseille, sans en avoir l'air, d'agir plus vite si nous ne voulons pas avoir de trop gros embêtements.*

Ils sont tenaces. S'aiment-ils vraiment ? Sans doute. Yves est très épris, il écrit beaucoup. Il est jaloux dès que Raymonde rencontre un autre homme. Il se plaint qu'elle lui écrive peu. Il est susceptible et prend la mouche facilement, ce qui fait écrire à Raymonde : *Vraiment, vous allez un peu fort ! Car enfin, que vous ai-je dit cet après-midi ? Rien ! Vous en avez profité pour être méchant, désagréable, certainement dans l'intention de me faire de la peine...* Et, dans une autre lettre : *Que vous êtes vilain quand vous grognez ! Hou, le laid ! Tout ceci parce que j'ai rajouté un mot à une lettre d'un ami commun... Tout de même ! Enfin...* Disputes d'amoureux.

Raymonde est flattée d'être courtisée. Elle résiste à ses parents, ce qui est un puissant stimulant pour elle comme pour lui, qui s'oppose violemment à sa mère qu'il n'aime pas. Amoureuse, Raymonde ? Sûrement, même si un chagrin d'amour l'a, semble-t-il, beaucoup affectée. Peut-être est-elle plus légère que lui. Elle mène une vie agréable de fille choyée, prend la vie avec ce qu'elle offre, aime plaire. Au contraire de son fiancé, plus proche du drame de l'amour contrarié et de la tentation du néant. *Les Souffrances du jeune Werther* d'un côté, Tchekhov, mâtiné de Renoir de l'autre. Chez elle, le désir d'intégration – on aurait dit plutôt « assimilation » à l'époque – est très puissant. Si ses parents n'ont pas cette préoccupation, il est pour elle très important de sortir de ce milieu d'immigrés qui restent entre eux, parlent mal, même si elle leur est viscéralement attachée, plus qu'elle ne le croit, mais elle ne le sait pas encore. A vingt-deux ans, elle veut d'abord devenir française à part entière.

En vue du mariage auquel les Gornick et les Clément sont contraints de se résoudre, les parents se rencontrent.

Récit de mon père : *Accueil assez frigide, analogue à celui qui vous a été réservé à la gare de Lyon quand vous êtes rentrée avec votre mère.* Mais là n'est pas l'essentiel. Qu'ils s'aiment, soit ! Mais selon quelles modalités rendre l'affaire publique ? D'autant que le prêtre refuse de célébrer un mariage mixte. Yves écrit : *J'ai reçu ce matin votre lettre, en même temps qu'une lettre de Mme ma mère. J'ai ainsi appris d'elle en même temps que de vous la triple publication des bans. Rien à dire de spécial sur sa lettre, sinon qu'elle se plaint de l'absence de cérémonie religieuse en des termes que je vous ferai lire. C'est évidemment très ennuyeux, mais je suis bien décidé à passer outre puisque ces andouilles de curés n'ont pas daigné aboutir à un compromis. Je pense qu'il ne se trouvera personne d'assez impoli pour insister sur cette absence et je suis bien décidé à écraser les orteils de qui que ce soit qui se permettra la moindre critique sur notre manière de nous marier. Nous avons tous les deux des sentiments religieux assez développés pour comprendre qu'il est évidemment pénible de se passer de cérémonie religieuse, mais nous sommes également bien capables de nous en passer, je dirais presque, de gaieté de cœur, car autre chose est la consécration banale d'un mariage auquel nous donnons l'un et l'autre une signification plus élevée.*

Le mariage civil a donc lieu en grande pompe, robe longue et voile en organza, couronnes et parures d'un côté, redingote et frac de l'autre. Il existe une grande photo, la seule, où l'on voit les deux familles rassemblées en deux groupes distincts : les Levitsky, Gornick, Kamsky, Sirota d'un côté, les Clément, Maquet, Lemy, Saint-Germain, Royer de l'autre. Au milieu, mon père et ma mère, enfin unis après trois ans d'une lutte sévère ; elle est souriante, lui très sérieux. Quels sentiments cachent-ils derrière leurs sourires figés ? De la résignation, de la rage, ou une vraie joie ?

« On nous prie d'annoncer le mariage de M. Yves Clément et de Mlle Raymonde Gornick qui a été célébré le 20 décembre 1937 à Meudon (Seine-et-Oise). » L'annonce – laconique – a été publiée dans *Le Jour, L'Intran, Le Matin* et *Le Figaro*. En général, les noms des familles, les prénoms, les félicitations, sont indiqués précisément. La formule, dans son extrême sobriété, signifiait-elle qu'« on » ne souhaitait pas souligner une mixité qui dérangeait ? « On nous prie d'annoncer... » Ecrit du bout des doigts... Je reviens vers la photo de mariage, la traîne de ma mère est superbe, elle porte un diadème brillant. Ils ont également été photographiés – un grand cliché, encadré, une découverte ! – tous les deux devant une cheminée, sur le lieu de la réception vraisemblablement. Et c'est tout. Pas de repas ? Si, bien sûr. En tout cas, pas d'autres photos, de convives un verre à la main, de toast, de discours. Sauf une nappe sur laquelle chacun a signé et dont les signatures furent brodées. Je l'ai toujours.

Que s'est-il passé durant les dix-huit mois qui les séparent de la guerre ? Un voyage de noces de six jours à Nice, à l'*Hôtel Royal*, ma mère a gardé la facture. Arrivés le 21, partis le 27 décembre. Ils ont envoyé deux télégrammes à leur famille le jour de leur arrivée et sont allés au casino, la carte d'entrée n° 1366 a été conservée. Pour Raymonde, c'est normal. Le premier endroit où elle se rendit avec son mari, après avoir déposé ses affaires à l'hôtel. Cela devait beaucoup amuser Raymonde d'entraîner Yves dans ce lieu de perdition. Pensez donc ! Si Mme mère savait cela, quelle affaire pour lui ! Jouer au baccara avec des étrangers, gaspiller l'argent du ménage... Y a-t-il pris du plaisir ? Une première pour Yves. Puis, l'un est retourné à Saint-Avold, l'autre à Paris.

Des lettres suivent en 1938. Peu différentes des précédentes : *Ma chère femme* a remplacé *Mon petit*. Les lettres de Raymonde venant des bords de Loire, du Thoureil, où elle séjourne souvent ne sont pas datées – 1938, 1939 ? Pendant qu'elle attend la naissance de ma sœur Catherine ? Des nouvelles anodines de la famille, des visites. On s'écrit peu, sans doute se voit-on plus ou est-on à nouveau réuni à Meudon, à Paris, à Enghien ?

Ma sœur est née en février 1939, c'est une grande joie pour tous et le véritable dégel entre les familles autour du premier enfant des deux clans ; on se photographie beaucoup avec le bébé. Les sourires sont radieux, les familles enfin rapprochées. Mon père fume la pipe, qu'il ne quittera jamais plus, porte un feutre mou, cravate, pochette et ses cheveux sont gominés pour être lisses et bien plaqués. Ma mère, épanouie, est une jeune maman attentive à son bébé. On a oublié les différends religieux ou du moins on fait semblant de les avoir oubliés.

Ma sœur a été baptisée catholique. C'était la condition de l'accord donné par les Clément au mariage avec une Juive ; rien d'écrit, mais un accord clair. Il était impensable qu'il en fût autrement. Les immigrés ont cédé, Paris vaut bien une messe. Ils se reçoivent, chacun prend des nouvelles des uns et des autres, les familles russes et juives se mélangent aux catholiques bretons. Ce n'est pas leur milieu, ni aux uns, ni aux autres. Mais on fait, contre mauvaise fortune, bon cœur, grâce à l'enfant.

Ma mère s'ennuie un peu, elle le raconte dans ses lettres envoyées du Thoureil, la propriété familiale du côté paternel. Elle s'essaie à broder des napperons avec sa belle-mère, mais le tricot et les thés de dames ne meublent pas totalement son temps de jeune femme habituée à la vie étudiante et peu entraînée à la vie à la campagne. Les lettres manquent de passion amoureuse, mais qu'en est-il réellement ? Elle donne des nouvelles de la grand-mère, d'un goujon, poisson pêché par mon père dans la Loire, au cours d'une permission, et qui est mort dans l'aquarium, grande affaire, en septembre 1938 ! Elle s'inquiète beaucoup pour sa famille et demande régulièrement à mon père s'il est allé voir ses beaux-parents.

C'est l'année de Munich, et de l'invasion de la Tchécoslovaquie, de l'Anschluß. Les défilés des S.S. font trembler l'Europe. Blum a été renversé. Daladier est président du Conseil. Rien, décidément, ne prépare les familles à affronter de vraies et grandes difficultés, même si ma grand-mère Gornick s'inquiète de la situation internationale, même si mon grand-père, radical-socialiste et franc-maçon, avait soutenu Léon Blum.

Ma mère est loin de ces préoccupations, tout à son bonheur naissant, à ses amis, à la découverte de la vie conjugale, à ses premières déceptions, sans doute, et à sa fille, sûrement.

6

Le classeur vert

Après la pochette rouge du placard, je trouve dans le bas de la bibliothèque de l'entrée un classeur en faux cuir vert. Banal et très laid. Il est coincé entre des sacs de voyage, des cartons ; factures de gaz et d'électricité d'il y a trente ans, des baux pour des locations, des papiers de banque, des talons de carnets de chèques, des modes d'emploi d'appareils ménagers. J'hésite à tout jeter en vrac sans regarder. Par scrupule, j'entreprends un premier tri et, dans ce désordre de papiers, je retrouve d'autres lettres de mon père.

Il est toujours dans l'armée, au service de Santé, depuis 1937. Il reçoit un certificat de pharmacien-lieutenant après sa période de Saint-Avold et est envoyé sur le front en septembre 1939. J'ai conservé le souvenir de récits de bombardements tout près de lui. Où et quand ? Que se passe-t-il à la fin de l'année 1939 ? Ses compétences de pharmacien le font affecter dans les laboratoires de l'armée, à Paris, après cette drôle de guerre.

Une série de lettres écrites à ma mère entre le 31 mai et le 6 juillet 1940 apportent des précisions d'autant plus intéressantes qu'elles se situent à une période clé de la guerre. Les Allemands avancent à grande vitesse au nord et à l'est. A cette date, mon père, toujours mobilisé, est à Meudon chez son père. Il dépend de l'Inspection générale des subsistances du ministère de la Guerre, 6, boulevard des Invalides. Il parle d'examens à passer et aussi de la réalisation d'un prototype de matériel qui doit être présenté au conseil de Direction du « P.C.T.I. ». Je ne sais pas ce que signifient ces initiales. Il évoque les bombardements à Paris, le 4 juin. Mais il circule entre Paris et Meudon à bicyclette. Pendant cette période, ma mère et ma sœur Catherine sont restées au Thoureil. Ils échangent des nouvelles des amis, de la famille. Il est question que ma mère revienne à Paris pour l'hiver 1940. Elle est à quelques kilomètres de la propriété familiale à Gennes, où elle remplace le pharmacien local, mobilisé. Le 9 juin 1940, pendant ce temps, Paul Reynaud, président du Conseil, prend la décision d'évacuer la capitale et de partir pour Bordeaux. Mon père reçoit l'ordre de quitter Paris. Avec sa 5 CV Citroën, le voyage dure trois jours. Il arrive le 15 juin.

Il est consigné à Bergerac. Entre-temps, le 16 juin, le maréchal Pétain a été nommé président du Conseil par Albert Lebrun, président d'une République qui se meurt dans un désordre total, mêlant la résistance de certains, la lâcheté des autres et la résignation pathétique de la plupart des responsables. A Bergerac, mon père, occupé à obéir à des ordres militaires confus et contradictoires, n'entend sûrement pas l'appel du général de Gaulle, le 18 juin. Le 6 juillet, il est désœuvré, habite chez des religieux dans le château de Cavalerie, en attendant la démobilisation que le général dont il dépend est allé quérir à Bordeaux. C'est l'époque où Albert Lebrun subit les pressions de Laval et de la droite antiparlementaire pour liquider cette république, cause de la défaite et de tous les malheurs de la France. Le paquebot *Massilia* emmène à Alger les plus courageux d'entre eux que l'on jugera plus tard comme « déserteurs ». Pour l'heure, les partisans de Pétain se réjouissent. Le parlement moribond est prêt à déléguer les pleins pouvoirs au maréchal. Le 10 juillet, la IIIe République a vécu.

Mon père attend toujours à Bergerac de savoir ce qu'il va devenir. Une autre correspondance fait ressurgir l'ancien chauffeur de mon grand-père paternel, Maurice Lecointe, qui écrit le 26 juin de Bordeaux. Sur l'enveloppe F.M. (franchise militaire) est tamponnée, à la place du timbre, « Tu dois acheter un bon d'armement », et en bas à gauche, un tampon rouge, « Maréchal Pétain – Président du Conseil ».

Après avoir fait le bohémien sur les routes de France, nous voilà depuis plusieurs jours à Bordeaux avec l'état-major du maréchal... Je viens d'apprendre que nous partons de Bordeaux pour une ville du Centre et nous rentrerons à Paris dans un mois... Je ne suis pas trop malheureux dans cette place, mais ça ne vaut pas, chers Monsieur et Madame, votre bonne maison. C'est le départ pour Vichy. Comment le chauffeur de mon grand-père était-il arrivé là ?

Mon grand-père écrit à son fils. Il a comme premier

souci de mettre sa famille à l'abri, y compris mes grands-parents maternels, les Gornick.

Mais les affaires doivent reprendre et l'essentiel pour cet industriel est la sauvegarde de son usine de Pantin. Ingénieur chimiste très talentueux, il a fait progresser de façon décisive la science des peintures et vernis, la photographie, le cinéma. Ses découvertes lui ont permis de créer une entreprise prospère, « Clément et Rivière ». Il pense à son personnel, à ses clients. Les discussions avec son associé, Rivière, parti en Dordogne avec la comptabilité, sont difficiles. Ils communiquent mal et peu. A Paris, les directeurs, restés en place avec les ouvriers, reprennent contact avec le nouveau responsable des industries chimiques du gouvernement militaire, le Doktor Polhand. Apparemment, avec succès, puisque dès juillet les lettres de Pantin indiquent : *Il y a des Allemands qui viennent tous les jours, pistoler différentes voitures auto et hippomobiles, il y a X... qui se charge de leur donner la teinte ; nous leur liquidons n'importe quoi, en nitro, mais rien en gros, cela ne les intéresse pas. Pour ce qui est des prix, ne vous inquiétez pas, je me rappelle les tarifs et nous nous arrangeons avantageusement, vous me comprenez, inutile d'insister, de sorte que les intérêts de la maison ne sont nullement lésés.* L'associé, Rivière, revenu à Paris, écrit de son côté un peu plus tard : *J'ai fait les comptes provisoires, tu auras une bonne surprise, mais je préfère ne pas te donner les chiffres dans une lettre...*

Le 11 juillet, une autre lettre raconte qu'une forte escouade de militaires allemands est venue pour faire repeindre de très nombreux camions en gris foncé.

Notre clientèle spéciale étant très pressée, surtout ces derniers temps, à cause de leur fameuse revue. Le 14 juillet, en effet, les Allemands défilent sur les Champs-Élysées, avec des camions repeints à neuf grâce à la peinture grand-paternelle ! Mon père se baigne dans la Dordogne. *Je n'aurais jamais pensé*, écrit-il, *que la guerre finirait comme cela pour nous.* Juste observation, ça ne pouvait être pire. Le 24 juillet, Louis Clément écrit cette très longue lettre à son fils :

Mon Cher Yves,

Te voici donc installé à Clermont ; j'espère malgré tout que la démobilisation ne tardera pas.

Comme tu le sais nous sommes partis en colonne nach Châteaubriant.

J'étais chef de file et Rivière serre-file. Partis vers 10 h 30, nous étions arrivés vers 14 heures à... Arpajon, et là je constatai l'embouteillage absolu de la route d'Orléans. Des millions de voitures restaient immobilisées paraît-il jusqu'à Orléans.[...]

Le lendemain à 16 heures, j'étais à Châteaubriant et Rivière arrivait avec vingt-quatre heures de retard et complètement furieux. L'usine qui nous avait été donnée avait naturellement été remise à deux autres industriels différents. De telle sorte qu'il ne nous restait plus qu'à jouer cela à la belote. On décide donc simplement de créer une popote pour le personnel et nous allons à l'Administration centrale : Nantes, chercher des « instructions ». Nous tombons sur une bande d'affolés qui faisaient leurs paquets et nous conseillent de planquer notre monde au sud de la Loire et d'aller pêcher à la ligne.

On installe dans un coin nos archives, on réorganise une popote ; Rivière fout le camp vers Périgueux et moi je m'installe au Thoureil d'où je pouvais aller facilement voir de temps à autre mes gars.

Mais le 19, l'armée allemande débouche à la fois de La Flèche et de la Beauce, attaquait les ponts de Loire : Saumur, Montereau et Gennes.

Gennes et ses environs étaient défendus par 300 ou 400 E.O.R. [Élèves officiers de réserve] du train des équipages de Saumur. Ces malheureux, dont c'était la première affaire, connaissaient à peine le fonctionnement d'une mitrailleuse ou d'un canon.

Le pont de Gennes avait sauté le 19 à 16 heures ; les Allemands se présentèrent devant Gennes à 20 heures. Nous étions à table avec quelques E.O.R. et leur lieutenant lorsque le bombardement commença. L'artillerie ennemie tirait par cent cinq rafales depuis Longué, Vernantes, Blou. Puis des unités blindées s'installèrent sur la levée côté Rosiers et arrosèrent au 37 tous les nids de mitrailleuses.[...]

La petite troupe qui défendait Gennes ne se retira qu'après vingt-six heures de combat, faisant l'admiration du commandement allemand qui demanda à féliciter les officiers. Mais ceux-ci étaient l'un disparu, l'autre mort, le dernier, le lieutenant de Roymarnier, fils de l'ex-sous-préfet de Saumur, venait à la maison.

Tout le monde, y compris la jeune recrue Catherine, s'est très bien comporté. Du bois de pin en haut de la creuse rue, on suivait très bien la bataille mais il fallait se méfier car on était vivement repéré...

Le Thoureil avait plusieurs nids de mitrailleuse à la tour de Galle, à l'église, etc. Le vieux Castel[1] *a été popote, P.C. et comme tu le vois un peu poste de secours. C'est un miracle que nous n'ayons pas reçu d'obus car les chars se baladaient sur la rive en face, mais fort heu-*

1. Maison de mes grands-parents.

reusement nos mitrailleuses ne se sont pas dévoilées ; néanmoins il était temps car on allait installer de l'artillerie derrière la terrasse.

Le lendemain de la bataille, les pionniers tentaient d'établir un pont de bateaux devant chez nous – la Loire ne l'a pas voulu. Mais les Strasstruppen sont venus nous voir, ils n'étaient guère gracieux, mais avec quelques mots dans la langue du pays et du vin blanc, tout s'est arrangé.

Depuis, nous avons eu quelques « invités » tous très chics d'ailleurs. Dernièrement il y en avait quatre chez nous, de braves gars complètement dénués de tout enthousiasme, c'est d'ailleurs une constatation générale.

Pantin remarche. Tout d'abord l'usine a fonctionné avec des spécialistes en uniforme ; maintenant qu'H. et R. sont là, les fabrications ont repris. Nous avons paraît-il l'exclusivité de la fabrication du vert foncé mat pour camions et casques. Payements réguliers, tout se passe très bien.

Je compte repartir quelques jours.

Je te quitte car Raymonde attend pour poster cette lettre et t'embrasse bien affectueusement.

Ton père.

P.S. Pendant deux jours on a vu des macchabées dans la Loire et sur la route du Thoureil il y a... des tombes. Hélas.

Mon Chéri,

Deux mots pour te dire que tout va mieux.

Je t'embrasse tendrement.

Raymonde.

Sur une photo prise dans le jardin de la cour intérieure de la maison, on voit effectivement quatre « invités » en uniforme poser pour le photographe, peut-être mon grand-père ? Mais qui savait à l'époque ce qui se passait en Pologne ? C'était une guerre perdue, il fallait composer avec les occupants et sauver l'essentiel.

Malheureusement, rien n'est fini. Ni pour Yves, ni surtout pour Raymonde.

Revenu à Paris, mon père reçoit de l'argent de mon grand-père Gornick, pour acheter un appartement et une pharmacie, qu'il trouve au 57, rue du Cherche-Midi, au coin de la rue de l'Abbé-Grégoire. Précaution de mon grand-père, qui veut donner à sa fille unique une sécurité matérielle et professionnelle dans cette période où l'on ne sait pas de quoi demain sera fait. La transaction avec M. Gramage, le propriétaire pharmacien, s'effectue pour cent soixante mille francs. Tous les documents de la pharmacie sont là. Plus de soixante ans plus tard, assis par terre, j'étale autour de moi des monceaux de vieux papiers. Je lis les reconnaissances de dette, les échanges de lettres et le récit de l'installation de mes parents dans les quelques pièces situées au premier étage qui communiquent par un escalier intérieur.

Pour le compte de Raymonde, Yves gère la pharmacie à partir de novembre 1940. C'est qu'entre-temps le gouvernement de Vichy n'a pas perdu de temps à publier – c'était le plus urgent ! – le statut des Juifs.

Ce premier statut, datant du 3 octobre 1940, précise dans son article premier : « Est regardé comme Juif toute personne issue de trois grands-parents de race juive ou de deux grands-parents de la même race si son conjoint lui-même est juif. » Les articles suivants énoncent toutes les professions publiques, toutes interdites aux Juifs mais l'article quatre autorise l'exercice des professions libérales sous réserve d'un numerus clausus fixé par le ministère. Était-ce le cas à Paris ? Sûrement. Est-ce pour cette raison ou pour des raisons de sécurité préventive que tous les actes sont rédigés au nom de mon père ? Les Juifs devaient, selon l'ordonnance, se faire recenser dans les commissariats. Mes grands-parents ont-ils accompli cet acte ? On peut penser que oui, tant ils avaient confiance dans les lois de leur pays d'accueil. Quatre-vingt-quinze pour cent des Juifs se sont déclarés !

Je sais peu de choses de l'année 1941. J'ai lu avec beaucoup d'émotion le livre de Patrick Modiano *Dora Bruder*, qui raconte ses recherches sur cette jeune fille juive qui vient pendant la guerre à Paris. J'y retrouve la même quête, les mêmes questions, les mêmes incertitudes. Ce qu'il dit de 1941 m'aide un peu.

« Ce dernier mois de l'année fut la période la plus noire, la plus étouffante que Paris ait connue depuis le début de l'occupation. » Puis Modiano rappelle la chronologie : « Les Allemands décrétaient, du 8 au 14 décembre, le couvre-feu à partir de 6 heures du soir en représailles à deux attentats. Le 12 décembre la rafle de sept cents Français ; le 15 décembre, l'amende d'un milliard de francs imposée aux Juifs. Le matin du 15, soixante-dix otages fusillés au Mont-Valérien. » Enfin, « Le 10 décembre une ordonnance du Préfet de police invitait les Juifs français et étrangers de la Seine à se soumettre à un “contrôle périodique” en présentant leur carte d’identité avec le cachet “Juif” ou “Juive”. Leur changement de domicile devait être déclaré au commissariat dans les vingt-quatre heures ; et il leur était désormais interdit de se déplacer hors du département de la Seine. »

C’est dans ce contexte que ma mère rentre à Paris pour aider mon père à la pharmacie. Elle semble partager son temps entre la capitale et le Thoureil et passe au travers des mailles d’un filet qui se resserre de plus en plus. Elle veille sur sa fille et ses parents, qu’elle retrouve à Paris au printemps 1942, après un hiver particulièrement rigoureux. La Loire, cette année-là, est complètement prise par la glace. Paris est sous la neige.

Le printemps 1942... Quelques semaines plus tard, le 16 juillet, c’est la rafle du Vel d’Hiv’, l’ouverture des camps de Drancy, de la piscine des Tourelles, d’autres centres de détention un peu partout dans la région parisienne. Les Juifs ne peuvent plus ignorer qu’ils sont livrés par ceux qui sont censés les protéger et que la loi républicaine ne les épargne plus. Les Gornick, les Levitsky, les Sirota doivent partir. A quelle date exactement ? Je n’ai pu l’établir.

Le 10 septembre 1942, mon père écrit de Paris, où il est resté, et donne des nouvelles de la pharmacie qui semble calme ; des amis viennent le voir. *Tout cela fait bien du monde.* Il est allé voir *le dernier film de Sacha Guitry. Il n’est d’ailleurs pas mal.* Il lit beaucoup et tard ; il se plaint du prix des livres : le Journal *de Gide, collection de la Pléiade 1 250 F, un Courteline complet en cuir, 9 500 F, et* Autant en emporte le vent, *1 200 F.*

Je suis effrayé de l'argent que je dépense pour calmer à peine ma faim. Envoie-moi des fruits à confiture. Nous serons bien contents de les trouver au cours d'un hiver qui s'annonce peu drôle.

En novembre 1942, le mois du débarquement allié en Afrique du Nord, survient un épisode significatif de l'époque. Un confrère pharmacien, dont l'officine est située à cinquante mètres, dénonça mes parents à l'ordre des Pharmaciens. Un médecin allemand, le docteur Glass, indiquait sur ses ordonnances, le nom de ma mère chez qui les patients devaient de préférence s'approvisionner. Or, cette pratique était interdite par la loi du 11 septembre 1941 relative à l'exercice de la pharmacie, qui laissait le libre choix de l'officine au malade. Le régime de Vichy, on l'oublie souvent, a beaucoup légiféré sur les ordres professionnels ou les organismes destinés aux relations avec certaines professions, le Centre national du cinéma par exemple, ou l'ordre des Médecins. La plupart de ces textes, modifiés, sont toujours en vigueur.

Mon père alla donc s'expliquer avec le docteur Glass qui lui dit : « Lorsque les malades allemands, munis d'ordonnances, se présentent dans certaines pharmacies du quartier, ils se voient refuser des médicaments sous le prétexte fallacieux qu'ils manquent, ce qui n'est pas le cas pour les malades français.

« Je préfère envoyer mes malades chez vous, avait-il conclu, car j'ai constaté que vous ne faisiez pas de différences en fonction de la nationalité. » Et le médecin d'ajouter qu'il continuerait à faire comme il l'entendait. Mon père, s'appuyant sur cette déclaration, protesta vivement auprès de l'ordre des Pharmaciens et obtint satisfaction des autorités mises en place par Vichy !

On se trouva donc dans cette situation paradoxale d'un médecin allemand préférant envoyer ses malades dans une pharmacie « juive » – même s'il n'était pas censé le savoir – plutôt que dans une autre, laquelle avait dénoncé la première...

Et l'on apprit après l'occupation que ce docteur Glass jouait un rôle important dans l'Abwehr et avait évité à ma mère, en la prévenant plusieurs fois à temps, d'être arrêtée. L'Histoire n'est jamais simple.

Quant à Yves, mon père, le travail d'officine ne lui plaît qu'à moitié. Il décide de commencer des études de médecine. J'avoue ne jamais avoir très bien compris pourquoi ce jeune pharmacien, dans Paris occupé, marié à une Juive, se lance à cette date dans un nouveau cursus sans abandonner son métier. En 1942, sa fille passe l'essentiel de son temps à la campagne, sa femme se cache, dans une chambre qu'elle loue, rue du Laos, et lui, poursuit ses études de médecine...

Catherine conserve, de cette époque, le souvenir des bombardements violents, des peurs irrépressibles. Au cours d'une réunion familiale à l'occasion des fiançailles d'un cousin à Paris, elle s'entaille méchamment la main avec une coupe de champagne brisée. Elle a trois ou quatre ans. La vie continue malgré une situation dramatique pour les Juifs, ce qui contraint ma mère à prendre toujours davantage de précautions, à fuir pendant la nuit, notamment en partant chez des amis. Elle est dénoncée. La vie devient intenable. Elle échappe de peu à une arrestation grâce à une photographie de ma sœur, blonde et bouclée, qui rappelle au soldat, à qui elle la montre, son propre enfant, et qui, de ce fait, ne pousse pas plus loin sa recherche d'identité sur Raymonde Clément, née Gornick de parents et aïeuls juifs depuis des générations...

En 1942, 1943, Marcel Espiau, journaliste et auteur à succès de pièces de théâtre, aide beaucoup ma mère. Il écrit dans des revues dirigées par des collaborateurs, fait partie de la société parisienne de l'époque. C'est un homme plein d'esprit, drôle et généreux. Il habite rue Saint-Placide et la cache à plusieurs reprises, prend des risques et intervient auprès des autorités allemandes lorsqu'il sait qu'elle pourrait être inquiétée. Mais ses relations avec le milieu collaborateur parisien lui valurent des ennuis à la Libération. Ce fut alors au tour de ma mère de l'aider.

Raymonde porte l'étoile jaune depuis le mois de mai 1942, pas tout le temps j'imagine, mais souvent. L'étoile est toujours restée dans le tiroir du secrétaire de ma mère. Elle me disait qu'elle avait dû la coudre à son vêtement pendant la guerre. Les fils étaient restés sur le morceau de tissu. La vie devient dangereuse, humiliante. Les portes des magasins sont fermées aux Juifs à certaines heures ; restaurants, cafés, théâtres, cinémas, leur sont interdits ; ils n'ont droit qu'à la dernière voiture du métro. Interdiction de circuler dans certaines artères de la capitale à bicyclette, en taxi, et après 20 heures ; suppression de transactions bancaires, comptes bloqués, confiscations des biens, pillage des appartements, etc. Ma mère essaye de garder le contact avec sa famille, cherche, comme la plupart de ses coreligionnaires, à gagner du temps, en attendant des jours meilleurs.

En 1943, le 17 juillet, le frère de mon père, mon oncle Pierre, se marie. Toute la famille est présente. Ma mère et mon père se retrouvent sur les bords de la Loire pour cette noce de village traditionnelle. Les mariés partent de la mairie à pied jusqu'à l'église, ils portent robe blanche à traîne et habits de cérémonie. Catherine est demoiselle d'honneur. Mais, sur les photographies, il n'y a plus trace ni des Gornick, ni des Levitsky. Ils ont fui.

7

Dossier « Aryanité »

Des classeurs sont rangés les uns à côté des autres, par ordre alphabétique. Ceux-là viennent de chez mon père. Juste avant « Assurances » et « Automobiles », un dossier : « Aryanité ».

Je l'ouvre et trouve à l'intérieur une page du *Journal officiel* de l'Etat français, daté du 14 juin 1941, sur laquelle est imprimée la loi du 2 juin 1941 remplaçant la loi du 3 octobre 1940 et portant sur le statut des Juifs – pages 2475 et 2476. Je cite ici l'article 1 :

> Nous, Maréchal de France, chef de l'Etat français,
> le conseil des ministres entendu,
> Décrétons :
> Art. 1er – Est regardé comme juif :

Ce premier article est identique à celui de la loi du 30 octobre 1940 mais les autres articles durcissent le texte initial.

Celui ou celle qui appartient à la religion juive, ou y appartenait le 25 juin 1940, et qui est issu de deux grands-parents de race juive.

La non-appartenance à la religion juive est établie par la preuve de l'adhésion à l'une des autres confessions reconnue par l'Etat avant la loi de décembre 1905. Le désaveu ou l'annulation de la reconnaissance d'un enfant considéré comme juif sont sans effet au regard des dispositions qui précèdent.

Les articles suivants parlent d'eux-mêmes :

Art. 2 : L'accès et l'exercice des fonctions publiques et mandats énumérés ci-après, sont interdits aux Juifs.

(Suit une liste de toutes les fonctions publiques, grands corps de l'Etat, enseignement, armée, entreprises publiques.)

Art. 4 : Les Juifs ne peuvent exercer une profession libérale, une profession commerciale, industrielle ou artisanale, ou une profession libre, être titulaires d'une charge d'officier public ou ministériel, ou être investis de fonctions dévolues à des auxiliaires de justice, que dans les limites et les conditions qui seront fixées par décrets en Conseil d'Etat.

Art. 5 : Sont interdites aux Juifs les professions ci-après :

Banquier, changeur, démarcheur ;

Intermédiaire dans les bourses de valeurs ou dans les bourses de commerce ;

Agent de publicité ;

Agent immobilier ou de prêts de capitaux ;

Négociant de fonds de commerce, marchand de biens ;
Courtier, commissionnaire ;
Exploitant de forêts ;
Concessionnaire de jeux ;
Editeur, directeur, gérant, administrateur, rédacteur, même au titre de correspondant local, de journaux ou d'écrits périodiques, à l'exception des publications de caractère strictement scientifique ou confessionnel ;
Exploitant, directeur, administrateur, gérant d'entreprises ayant pour objet la fabrication, l'impression, la distribution ou la présentation de films cinématographiques, metteur en scène, directeur de prises de vues, compositeur de scénarios ;
Exploitant, directeur, administrateur, gérant de salles de théâtre ou de cinématographie ;
Entrepreneur de spectacles ;
Exploitant, directeur, administrateur, gérant de toutes entreprises se rapportant à la radiodiffusion.
Des règlements d'administration publique fixeront pour chaque catégorie les conditions d'application du présent article.

La lecture de ces articles, pourtant si connus, sur le papier jauni de l'époque, me laisse stupéfait. L'Histoire, celle des livres et des films, je la lis ici, chez moi, dans les papiers familiaux.

L'article 7 traite du cas particulier des fonctionnaires et fixe les règles d'attribution de retraites d'office puisqu'ils sont tous rayés de la fonction publique. L'article 8 crée une exception pour les Juifs « qui ont rendu à l'Etat des services exceptionnels », ce qui suppose, pour que cette faveur fût accordée, un décret en conseil d'Etat et un rapport du commissaire général aux Questions juives. Puis est prévu, par l'article 8, l'internement dans un « camp spécial » pour les contrevenants et l'application de ladite loi à toutes les possessions françaises, colonies, protectorats, départements, dont l'Algérie bien entendu...

Quant à la loi du 2 juin 1941, qui suit dans le texte du *Journal officiel* la publication de la précédente, elle prévoit, pour les personnes concernées, l'obligation de se faire recenser dans le délai d'un mois, « déclaration écrite indiquant qu'elles sont juives au regard de la loi et mentionnant leur état civil, leur situation de famille, leur profession et l'état de leurs biens », suivie des peines d'infraction (amendes et « camp spécial ») avec l'indication que « la déclaration est faite *par le mari pour la femme* et par le représentant légal pour les mineurs ou l'interdit ».

Dans le même dossier paternel, à la suite de la page jaunie du *Journal officiel*, je trouve les copies de lettres datant du 9 juillet 1941 signées de mon père et adressées au Préfet de police et au Préfet de la Seine.

J'ai l'honneur de vous faire par la présente la déclaration exigée par la loi du 2 juin 1941 (N° 2333) et concernant ma femme, d'origine juive, au sens de la loi du 2 juin 1941 (N° 2332).

Madame Clément, née Raymonde Gornick le 18 janvier 1914 à Paris, fille de Georges Gornick et de Sipa Levitzka, son épouse, mariée avec moi, aryen, le

20 décembre 1937 à Meudon (Seine-et-Oise), mère de notre fillette, née le 10 février 1939.

Sans Profession.

Etat des biens : ses droits dans le Ménage.

Veuillez agréer, Monsieur le Préfet...

Dans le même dossier également, ce qui est logique, des reproductions des actes de baptême de tous mes ancêtres du côté paternel : mention de la paroisse, des parrains et marraines, signature des curés, toutes datées de 1942 avec des indications étranges quand on les lit aujourd'hui.

Yvonne Lemy, ondoyée le 22 janvier 1893 puis cérémonie suppléant au baptême après ondoiement le 6 avril 1895. Grand-père paternel (3e génération) qui se marie religieusement le 19 avril 1883 en la paroisse de Courbevoie. Les documents sont accompagnés d'une lettre déclarative de mon père : *Je soussigné, André-Yves Clément, établis ainsi qu'il suit le caractère aryen de ma famille.* Jusqu'à la troisième génération, tous les actes de baptême sont ainsi rassemblés. La généalogie paternelle, catholique et provinciale, est pure de toute tache.

Pourquoi avoir ainsi obéi aux autorités françaises ? Par respect du principe de légalité ? Comment entrer dans la logique d'une telle loi ? Une loi qui exclut tous les Juifs – dont ses beaux-parents, sa femme – de la vie civile, économique, sociale, et les menace d'internement ? Pourquoi avoir souligné « aryen » dans le texte de la lettre ?

Pourquoi avoir indiqué « sans profession » alors que

Raymonde était diplômée de la faculté de Pharmacie de Paris ?

Mesurait-il les risques qu'il prenait et faisait prendre en envoyant ces courriers ?

Croyait-il vraiment que l'obéissance stricte aux lois iniques de l'Etat français était une garantie suffisante pour sa femme et ses beaux-parents ?

Je me suis longtemps interrogé. Sans doute la principale raison, outre le respect de la légalité à une période de la guerre où l'on ne connaissait pas la réalité des camps, est la protection dont pouvait, par ce geste, bénéficier ma sœur. Baptisée catholique, n'ayant que deux grands-parents juifs, elle n'était pas juive en application de l'article 1er de la loi du 2 juin 1941. Souligner son origine aryenne lui a évité de porter l'étoile jaune. Et l'a sauvée.

8

Villa Raymonde, Enghien

Des boîtes, de couleur et de taille différentes. Une valise en cuir marron sur laquelle sont gravées les initiales de mon père « Y.C. » D'innombrables photos dont la quantité m'étonne. La plupart ne sont pas datées. Aucune indication de nom, de lieu, sauf pour quelques-unes au dos desquelles je reconnais l'écriture de ma mère, au stylo à bille. Certaines photographies sont à peine plus grandes qu'un timbre-poste. Il faut une loupe pour distinguer les personnes. Canotiers en paille, feutres noirs mous pour les hommes, chapeaux à voilette perchés sur la tête pour les femmes, tous posant dans un cadre champêtre.

Certaines sont rangées dans des albums ou des petits porte-photos de voyage. D'autres sont restées dans des pochettes avec les négatifs ; celles-ci sont plus récentes à en juger par la relative fraîcheur de l'emballage. Les négatifs ajoutent au mystère, il faut les regarder par transparence, pour essayer d'apercevoir des ombres ou deviner les sujets de ces petits carrés. On y perçoit les intérieurs, les meubles, la décoration.

J'ai toujours aimé ces recherches.

Lorsque j'étais enfant, je passais beaucoup de temps dans les deux très grands greniers de la maison de campagne à circuler entre les livres, les vieux fauteuils, les grands miroirs, les tableaux, les bibelots, entassés ou posés là, au hasard des déménagements successifs. J'étais attiré par une grosse malle en bois, peinte en vert, entourée de grosses lanières de cuir, sur laquelle étaient peintes les initiales blanches de mon grand-père : « G.G. », Georges Gornick. A l'époque, je ne savais rien de lui sauf qu'il avait disparu. J'avais ouvert avec précaution et retiré, cachés dans des linges, deux très belles aiguières en argent et en verre, et un sucrier du même style. J'avais une douzaine d'années et j'étais tellement heureux de rapporter à ma mère des objets qui avaient appartenu à ses parents ! Elle m'avait alors regardé tristement et n'avait rien dit, se contentant de me caresser la tête, doucement.

Un album de 1928 a subsisté, intact. C'est le seul sur lequel figurent des noms, des lieux et des dates. *La Bourboule 1928, Photo prise au retour du pik nik du Piqueton*, *les Smadja*, *Jo Sirota* bien sûr, *Mme Halevy au Luxembourg*, chapeau cloche et manteaux de fourrure, *Nice*, à la terrasse d'un café, *Pornichet* la même année. La couverture en faux cuir rouge foncé est très usée et les pages intérieures sont noires. Les photos sont collées, mal ajustées parfois, il est presque impossible de déchiffrer les noms écrits à l'encre bleue sur ce fond sombre. Je pourrais essayer avec ces bribes, et en les reliant avec d'autres éléments dénichés ailleurs, de reconstituer l'histoire. Mais pour l'instant je suis tout à l'émotion que me procure le contact physique avec ces photos dont certains bords sont ciselés, d'autres droits, certains déchirés – par qui ? –, parfois entreposés soigneusement sous des cadres et destinés au voyage, à la table de nuit, ou au portefeuille, posés peut-être sur des guéridons ou des commodes dans la chambre à coucher. Tout est là.

Comment ces photos ont-elles survécu aux migrations, à la guerre, aux déménagements et à l'oubli ? Quelle intention cachée avait ma mère, en transportant, depuis cinquante ans, cette valise et ces cartons, jamais ouverts, jamais montrés, serrés dans ce placard ; elle n'en avait jamais rien dit, ni à ses petits-enfants, ni à moi, jamais rien à personne. Une invitation au voyage pour que ses héritiers cherchent, découvrent, reconstituent cette vie déchirée ? Ou voulait-elle simplement tourner cette page de son histoire tout en sachant qu'elle était là, à portée de sa main.

Ma mère ne dit rien, se dérobe à mes questions, tout en murmurant parfois : « Mon chéri, il y a tant de choses que tu ne sais pas. »

Je retrouve de grands clichés sépia collés sur des plaques de bois. Raymonde y apparaît avec son père, debout, cravaté et élégant. Ma grand-mère est assise, dame imposante, et ma mère, en jupe plissée, debout devant eux, encore jeunes.

C'est une adolescente très souriante, de petite taille, aux attaches fines. Elle est brune, et l'on remarque ses pommettes, saillantes, rondes. Les yeux noirs en amandes, presque bridés, sont très ouverts, le regard pétille de malice. Elle est coiffée à la garçonne, cheveux lisses et raides, nuque offerte, assez découverte pour donner envie d'être embrassée, du moins je l'imagine ainsi. Le nez aussi est fin, droit, sur un visage qui semble doux. Au dos, une inscription : *A mes parents chéris, leur fille Raymonde – 14 septembre 1928.* Elle a quatorze ans. Un peu plus tard, sur une autre photographie retouchée à la peinture, elle est vêtue d'une grande robe rose. Cette fois-ci, ses cheveux sont ondulés avec une mèche sur le front, le visage plus ovale. Sans doute s'est-elle allongée, elle a grandi, elle semble plus mince, mais les pommettes sont toujours rondes, encadrant un sourire radieux.

Quand je demandais, il y a longtemps, si elle avait conservé des photos de son enfance, de sa famille, ma mère ne répondait pas. « Il n'y a plus rien », disait-elle, si j'insistais. Les rares photos que je connaissais étaient affichées sur le panneau de sa chambre : celles de ses enfants, ma sœur et moi, et de ses petits-enfants. Et Marcel bien sûr, au milieu. Pour le reste, elle ne montrait que deux ou trois photos : mon grand-père en smoking, une flûte de champagne à la main, bel homme, élancé, front dégarni, lunettes cerclées, ma grand-mère tenant dans ses bras ma sœur Catherine, enfant. C'est tout. Pas un mot du passé.

***

Sur ce lot de clichés, voici la maison d'Enghien, dont je connaissais vaguement l'existence. « Achetée avant guerre, dans les années vingt », m'avait dit ma mère, dans un jour de confidence, sans rien me montrer. Une maison située au bord du lac, assez grande pour rassembler la famille.

Je ne savais rien de son jardin, de son perron en pierre surmonté d'une marquise, de ses grandes fenêtres arrondies dans leur partie supérieure.

C'est une belle bâtisse, en pierre de taille et en brique. Toute la tribu y partait en villégiature chaque fin de semaine. Je vois leur vie sur les photos, deux femmes debout devant la grille – *Maman et moi à Enghien, Villa Raymonde* écrit au dos. Les jupes sont longues, les chevelures courtes. Ma grand-mère porte un chapeau, elles sont tendrement appuyées l'une contre l'autre. Au fond, on aperçoit des chaises longues, une table, des meubles en rotin. Sur le côté de la photographie, on devine un grand parc.

Plus tard, j'ai retrouvé d'autres lettres, écrites sur un papier à en-tête : « 132, Avenue de Ceinture, Saint-Gratien. » Plusieurs fois, j'avais cherché à en savoir plus sur cette maison. C'était un des sujets tabous. Ma mère me répondait invariablement : « C'était très joli » ou « Il n'est rien resté. » Si, j'étais au courant que la maison avait été entièrement dévastée. Maman m'avait dit : « Ils ont pris jusqu'aux tuyaux de plomb. » Jamais elle ne m'y avait emmené, ne serait-ce que pour me montrer le cadre où elle avait passé son enfance, cette jeunesse heureuse, avec ses parents, cette insouciance que je lis sur les sourires épanouis des clichés échappés des cartons.

La maison est là, pourtant, sous mes yeux – je l'imagine comme dans un film de ces voyages que l'on fait aujourd'hui sur Internet pour louer une villa ou un appartement – j'entre dans chaque pièce, visite le jardin.

Il fait chaud, ce jour d'été 1934, les hommes sont en

bras de chemise, la table a été dressée sur la pelouse. J'identifie mon grand-oncle Kamsky à sa grosse moustache. Je ne l'ai pas connu, mais sa femme Tania m'avait montré des photographies de lui. L'oncle Arnold est là aussi. Je les vois, réunis, un verre à la main, portant un toast, tournés vers le photographe. Un anniversaire ? Une fête, ou simplement l'un de ces dimanches d'été où l'on venait se retrouver entre Russes, après avoir passé la nuit du samedi au casino d'Enghien, de l'autre côté du lac. On buvait les gains, on se consolait des pertes.

Sur une autre photo, un homme portant une casquette, le pied posé sur le marchepied d'une grosse automobile, près de la maison. Est-ce le chauffeur ? Un ami russe venant directement de l'armée et ayant conservé le couvre-chef ? On voit souvent cette voiture dont on était heureux, sûrement, symbole de la réussite sociale de ce petit Juif, venu d'Odessa, ayant désormais villa sur le lac et Hotchkiss rutilante. D'ailleurs, sur cette photo ils y sont installés à huit ou neuf, les noms ont été inscrits par ma mère. Georges, Sipa, Alter, Salomon, Arnold, Jo, Tania, Bella, plus des enfants. Ils rient, ils sont épanouis. Ma mère est au milieu, reine de l'assemblée, fille unique et chérie, dont les bulletins de classe du lycée Victor-Hugo témoignent de son insertion réussie dans la société française. Elle apprend l'allemand, où elle excelle, fait de la danse – on la voit en ballerine –, joue un peu de piano ; rien n'est négligé pour lui donner une très bonne éducation et en faire une vraie Française.

*
**

Dans les documents appartenant à mon grand-père, j'ai retrouvé un petit rectangle de papier jauni, daté du 27 avril 1942. En haut, à gauche, figure le service d'origine, car c'est un imprimé provenant du Commissariat général aux questions juives, Service du contrôle des administrations provisoires, section VB – 52475A.

« Monsieur, vu les ordonnances allemandes du 18 octobre 1940 et du 26 avril 1941, M. V., 4, rue Bérite – Paris, est nommé administrateur provisoire près votre villa, située 132, allée de Ceinture, à Saint-Gratien. » Rue Bérite, à vingt mètres de la pharmacie du Cherche-Midi, achetée en 1940, par mon grand-père.

J'ai voulu savoir qui était M. V... Ce sont les Archives nationales qui m'ont donné la clé. Tout est là, dans le fonds dit « de spoliation », disponible pour ceux qui en font la demande motivée à la section du XXe siècle, rue des Francs-Bourgeois, à Paris.

Des liasses de papier surgissent du dossier 24849, « Administrateur provisoire V. » Il m'est arrivé, étudiant, de venir consulter des archives. Tenir entre mes mains des documents originaux m'a toujours beaucoup touché. Là, ce sont les noms de ma famille qui surgissent, toute l'histoire de ma mère, de ses parents, de ces lieux d'amour, transformés en informations administratives par des personnages anonymes qui ont eu le pouvoir de propager le malheur.

Là, dans le rapport adressé au directeur général du Service du contrôle des administrateurs provisoires,

Section 5 bis du Commissariat général aux questions juives, 11, place des Petits-Pères, à Paris, M. V., architecte, décrit minutieusement la propriété : « Soixante-dix mètres sur l'avenue de la Ceinture, quarante mètres sur avenue Carnot, dix pièces indépendantes, écuries, deux mille quatre cents mètres carrés en tout. »

La maison avait été acquise le 12 mars 1924. Toutes les photos ont donc été prises entre 1924 et juillet 1940, date à laquelle j'apprends qu'elle a été réquisitionnée et occupée par les Allemands, jusqu'en juin 1941, bien avant donc que l'administrateur provisoire eût été nommé. Un mois funeste pour la France et pour mes grands-parents, qui avaient quitté Paris. M. V. décrit l'état de la villa au moment où il prend ses « fonctions » :

« L'intérieur de la villa est dans un état de délabrement indescriptible : les papiers de tenture sont en partie arrachés, la plupart des cheminées sont brisées ou fêlées, une glace a été arrachée, les deux W.C. et la marche de départ en pierre de l'escalier sont brisés, le départ de rampe et toute l'installation électrique sont arrachés, les interrupteurs sont enlevés, et les fils pendent. Nombreuses vitres cassées. La clôture du terrain, vers l'avenue Carnot, est inexistante et a été arrachée. »

Bien sûr, plus de traces des nombreux tableaux russes que mes grands-parents avaient acheté à l'époque.

Le rapport est très précis sur l'historique de mes grands-parents *de race israélite*. Dates de naissance, naturalisation, date de mariage, cartes d'identité. Je découvre ainsi l'existence à cette date – 1942 – de mon arrière-grand-mère, Babouchka, « âgée de quatre-vingt-quatre ans », dont il est dit qu'« elle habite actuellement avec Mme Georges Gornick, dans leur appartement, 34, rue de Paradis, Paris X[e] ». J'en avais entendu parler à cause de la badine de jonc – elle l'appelait son knout – dont elle se servait, comme elle l'avait vu faire dans son enfance, pour taper sur les doigts des domestiques et des enfants dissipés. J'apprends aussi que mon grand-père a été engagé volontaire dans la Croix-Rouge en 1914 et a été réformé en 1915. Et qu'il était, à ses débuts professionnels, représentant de la maison Chapal de Montreuil, fournisseur de peaux de lapin teintes.

Je retrouve tout ce qui concerne ma mère, son mariage avec mon père, et la naissance de ma sœur « Catherine, Thérèse, Yvonne, qui est française et aryenne au regard de la loi française et des ordonnances allemandes », précision utile pour la conclusion qui me bouleverse : « M. et Mme Gornick m'ont fait connaître leur intention de faire donation en application de la loi au profit de leur petite-fille aryenne, Catherine Clément, en toute propriété, de leur villa et m'ont demandé de poursuivre ma mission en intervenant à cette donation. » Contact fut pris avec le notaire, les documents établis, quand une lettre du Commissariat aux questions juives répondit négativement à la demande de mon grand-père. Rien pour la petite-fille française, aryenne. « Dès lors, laissée à l'abandon, sans gardien, sans clôture, la maison fut entièrement désossée, les fenêtres disparurent, les portes furent arrachées, la rampe de l'escalier, les appuis de fenêtres, les câbles du monte-plats, et les arbres d'essences diverses, décrits précisément (pins, marronniers, tilleuls, chênes, platanes, en général de belle hauteur et vigoureux, certains très beaux) furent coupés et laissés dans un état d'abandon prolongé », indique un nouveau rapport, à l'automne 1942. Seuls les murs subsistèrent.

Un M. Mortier, 36, rue du Faubourg-Poissonnière, donc voisin du magasin de mes grands-parents, écrit le 11 septembre 1942, à la main, aux Allemands, pour se porter acquéreur : *Je vous déclare que je suis veuf et aryen français 100 %, comme le prouve ma carte d'identité ci-jointe. Je n'ai aucun lien de parenté avec le propriétaire que je ne connais nullement... Le but de cet achat est un placement d'argent et un domicile d'habitation. Je suis disposé à me soumettre aux lois, décrets et instructions des autorités allemandes concernant les tractations actuelles.*

Il n'y a pas eu de suite, semble-t-il. Sans que je sache pourquoi.

A la Libération, des comptes furent demandés à M. V., qui était rémunéré pour gérer une vingtaine de propriétés appartenant à des « israélites ». Qu'advint-il ensuite ? Je ne l'ai pas découvert dans mes recherches.

On ne parla plus jamais de la Villa Raymonde.

***

J'ai voulu voir si la maison existait toujours. Je disposais des vieilles photos et d'une adresse. Je ne connaissais pas bien cette partie de la région parisienne. Saint-Gratien, c'est une commune mitoyenne d'Enghien. On y accède facilement aujourd'hui, par l'autoroute A15. J'arrive, un dimanche de janvier 2004, jusqu'à l'avenue de Ceinture et, le cœur battant, je longe le bord du lac. Des barques sont amarrées, des pêcheurs alignés sur la rive. Il y a des cyclistes, des coureurs à pied. Il fait beau, tout est calme. De l'autre côté du lac, je distingue le casino. Parmi les constructions, j'aperçois une villa qui ressemble à celle de la photographie.

La grille est ouverte, rouillée, elle semble presque à l'abandon, comme dans le rapport, mais deux voitures sont dans le jardin. Aux alentours, tout a changé. Au bord du lac a été construit un immeuble, pas très haut, mais qui cache désormais la vue. Une rue a été percée, elle est bordée de petites maisons. Seul le côté droit de la propriété est intact, le reste est loti. Ce devait être un endroit merveilleux, si près de Paris, avec ses maisons du XIXe siècle, joliment ornées de balcons, de tourelles, d'observatoires juchés sur le toit, entourées de grands parcs. Il y avait des balades à faire au bord du lac, du canotage. Des petits bois peut-être, des guinguettes, un restaurant. La gare n'est pas très loin. On devait se croire à Cabourg ou à Vichy, c'était leur univers : établissements thermaux, casinos, endroits calmes. Je prends des photographies. Soixante-dix ans ont passé.

Je sonne et entre dans le jardin, ému d'être sur ce perron où ma mère jouait, enfant. J'ai à peine besoin de fermer les yeux pour les imaginer, elle et ma grand-mère, en train de monter les marches, bras dessus, bras dessous.

Deux bordures de pierres bornent l'escalier. La marquise a disparu. Les pierres de taille et les briques sont recouvertes d'un crépi jaune, très laid. Une partie des stucs qui ornaient le balcon s'est effondrée. Sur la rue, le petit pavillon qui permettait de prendre l'air, en regardant le lac, est en ruine. Quant au jardin derrière, il a été amputé de la moitié. Là où il y avait des écuries se trouvent désormais une maison banale, et plus loin un petit immeuble.

Les propriétaires m'ouvrent. Ils sont en tenue de sport. La télévision est allumée.

— C'est pour quoi ?

— Mes grands-parents habitaient ici...

— Quand ?

— Il y a longtemps.

— Et alors ?

— Je ne voudrais pas vous déranger.

Je sors une photo de ma poche.

— Qu'est-ce que vous voulez ?

— Juste voir la maison.

Finalement, ils me laissent entrer.

Je pénètre dans les pièces du rez-de-chaussée. Seules les moulures au plafond donnent une idée de ce que j'ai vu sur les photos. Tout le reste a disparu, les sols, les cheminées.

Ma mère a vécu là. Je l'imagine revenant d'une promenade autour du lac, heureuse, elle grimpe l'escalier en courant pour embrasser sa mère, radieuse de voir sa fille chérie, rayonnante, les joues rebondies sous sa coiffure de garçonne, lui raconter en français ses activités du matin, en ajoutant en russe : *Ia tibia lioubliou.*

— Autrefois la cuisine était au sous-sol, m'expliquent les propriétaires, il y avait un monte-plats ; forcément, la construction date de 1869 ; à la fin du Second Empire, il y avait des domestiques.

Je regarde le sol tout neuf, en marbre, les peintures vertes sur les murs. Je vois le parc, ou ce qu'il en reste, par la fenêtre. C'est là que ma mère et ses parents prenaient leur repas.

Je n'insiste pas pour visiter davantage. Je n'ai plus grand-chose à dire aux propriétaires. Je les dérange. Tout cela est loin. Ces murs ne représentent plus rien qu'un cadre de photo vide.

9

Les lapins

Je vois des lapins partout... Non, non. Je ne rêve pas, je ne suis pas fou. D'abord, sur le secrétaire de ma mère, il y en a un, planté là avec détermination, juste devant, à côté du calendrier en cuir et du gobelet en émail de Chine dans lequel elle mettait ses stylos. Il m'a toujours intrigué, ce lapin en métal argenté, lourd. Enfant, je me mettais sur la pointe des pieds pour l'attraper par ses oreilles dressées. Aujourd'hui, avec ses quinze centimètres, il me paraît modeste. Et pourtant, assis sur son derrière, toujours à la même place, le lapin paraît défier l'éternité. Comme cet autre, son frère jumeau, posé sur un rayonnage de la bibliothèque, devant les livres, et dont le socle indique qu'il servait de bouchon de radiateur à une grosse voiture. Catherine et moi, nous en avons gardé chacun un. Il y en a d'autres, en marbre de couleur, allongés sur leurs pattes de devant, en bois, dans la même position, en ivoire. Cet appartement est rempli de lapins.

Mon grand-père était fourreur. L'animal fétiche de la profession était le lapin, dont on faisait des cols de veste, des tours de cou, des manteaux, des doublures de pelisse. L'avant-guerre était grande consommatrice de lapins. Parfois on les teignait. C'était devenu un commerce. Georges Gornick en vivait. Sur une carte, de 1919, est écrit : « commerçant de peaux de lapins teintées ».

Comment cela avait-il commencé ? Sur l'acte de mariage de 1913, il était indiqué : « Georges Gornick, publiciste ». C'est vague.

— Ils étaient fourreurs, me disait ma mère.

— Oui, mais que faisaient-ils, maman ?

— Eh bien, tu vois, ils vendaient de la fourrure.

Je n'en sortais pas. Il y avait des lapins. Et puis cette identité professionnelle assez vague. Fourreur, cela me paraissait assez dégoûtant. Dépouiller les animaux pour s'habiller, cela ne me plaisait pas.

La plupart des Russes, Ukrainiens, Bessarabiens, Biélorusses se regroupaient dans le Xe arrondissement. Ils retrouvaient là des compatriotes venus de toutes les parties de la Russie méridionale. Etaient-ils pratiquants ?

J'ai retrouvé un petit agenda datant de 1938, fourni par la maison SATAB, « apprêt, lustrage, teinture de fourrure, 3 et 5 rue de Strasbourg à Vincennes ».

Sur les premières pages figurent les « spécialités » :

Agneau des Indes	*Astrakan – Gris*
	– Marron
	– Noir

Astrakan	*Noir, gris, bleu*
Chiraz	
Salzfelle etc.	*Marron*
Napes de Kid	*Astrakan gris*
	Teintes fantaisie
Renard	*Teintes fantaisie*
Phoques	*Teintes fantaisie*
Chevreaux et Veaux	*Marron*
du Yémen et des Indes	*Noir, cuir bleu*
Travail uniquement à façon	

Et sur la page suivante :

Calendrier Israélite pour 1938

– *Petit Pourim*	*15 février*
– *Jeûne d'Esther*	*16 mars*
– *Pâques*	*16 avril*
– *Lag BaÔmer*	*19 mai*
– *Pentecôte*	*5 juin*
– *Jeûne de Tammouz*	*17 juillet*
– *Jeûne d'Ab*	*7 août*
– *Nouvel An*	*26 septembre*
– *Jeûne de Guedaliah*	*28 septembre*
– *Expiation*	*5 octobre*
– *Allégresse*	*18 octobre*
– *Dediacre*	*18*

Suivait la liste des ventes à Londres pour 1938.

Je commence à comprendre avec ce petit carnet ce qu'est cette communauté professionnelle et confessionnelle à la fois. Fourreur, Russe, et Juif. On faisait des affaires, on habitait le même quartier, on se retrouvait dans les cafés, à la synagogue pour certains, on parlait yiddish ou russe, peut-être géorgien, arménien. Langue, métier, origine géographique, religion, c'était un tout qui les identifiait, les distinguait des autres. Des groupements professionnels se mettaient en place qui se répartissaient le travail et négociaient avec les Anglais.

Parmi les papiers, l'acte de location d'un commerce situé 23, rue d'Enghien, dans le Xe arrondissement. C'est la vicomtesse de Chezelles, née Praconval, qui signe le bail. Puis, j'ai retrouvé les documents d'abonnement téléphonique, des factures diverses, au 20, rue du Faubourg-Poissonnière.

Ma mère m'avait parlé de ce magasin dans lequel elle passait embrasser son père, d'autant plus facilement qu'ils habitaient à côté, rue de Paradis. Et, il y a longtemps, candidat aux élections législatives dans cet arrondissement, je m'y étais rendu. Je sillonnais les rues du quartier pour distribuer mes tracts, faire connaissance des commerçants. Cette présence familiale m'avait permis de contrer l'argument de mon adversaire, Claude-Gérard Marcus, qui m'accusait de « parachutage ». Grâce à mes grands-parents, il n'en était rien. Du 20, faubourg Poissonnière, on apercevait le cinéma *Le Rex*, juste dans le prolongement de la rue.

J'étais entré et m'étais présenté, plus en candidat qu'en petit-fils de fourreur.

— Bonjour, je me présente dans le Xe arrondissement, mes grands-parents étaient propriétaires de ce magasin, autrefois.

La dame, surprise, m'avait accueilli poliment.

— Avez-vous des traces ? lui avais-je demandé.

— Je peux vous monter les livres de comptes ; nous les avons conservés du précédent propriétaire.

Dans les livres ouverts devant moi, j'avais vu figurer le nom de mes grands-parents – 1935, 1936, 1937, 1938, 1939, 1940. Ensuite, cela s'arrêtait. J'avais été troublé, mais l'histoire familiale me paraissait une autre époque qui ne me concernait plus. Sur les murs, un calendrier, des cartons posés sur les étagères, des échantillons, un grand comptoir pour étaler la marchandise. C'était petit, vieillot, je m'étais éclipsé, en proie à un profond malaise.

Vingt-cinq ans ont passé. Me voici à nouveau aux Archives nationales.

Cette fois-ci, c'est un M.R.H. qui a été nommé administrateur provisoire par le Commissariat général aux questions juives, dès 1940. Les rapports qu'il établit en 1941 analysent les stocks. Je comprends la raison de tous ces lapins. La vente de leurs peaux représentait 77,5 % du chiffre d'affaires du commerce, trois millions de francs de l'époque. Dans sa brutalité, le dossier 3388, affaire Gornick, est très précis. Il y avait « deux employés aryens », est-il indiqué, « dont un M. Louchnick, officier blanc de l'armée russe, émigré ». « L'entreprise est israélite, du fait que son propriétaire,

M. Gornick, était israélite. » Soumis à la loi d'aryanisation, mon grand-père avait tenté, en transformant sa propriété en société commerciale anonyme, de conserver une part de son activité, en s'associant à un collègue, aryen, qui serait majoritaire. Cela lui fut refusé. On exigeait de lui qu'il disparût.

Après avoir tenté vainement de poursuivre son activité à Saumur, où furent détruits par les bombardements les stocks qu'il avait fait venir d'Angleterre – deux cent mille francs de belles fourrures –, il fut donc contraint de liquider, dans les conditions suivantes : « Par acte passé devant M. Dufour, notaire à Paris, en date du 20 mai 1941 (...) sous condition suspensive de l'approbation des autorités occupantes, M. Gornick a cédé à M. D. le fonds de commerce qu'il exploite 20, faubourg-Poissonnière, à Paris. (...) La vente a été consentie pour le prix principal de soixante mille francs (...) qui ont été payés au comptant. »

Le rapport ajoute : « Le prix de vente – soixante mille francs – peut paraître faible par rapport aux chiffres d'affaires réalisés au cours des dernières années – trois millions de francs. Il est néanmoins normal si l'on tient compte, ce qui s'impose, du fait qu'il s'agit d'un fonds ne comportant aucune marchandise, c'est-à-dire sans l'élément essentiel de la valeur du fonds de commerce. Cet argument est encore fortement renforcé par les possibilités extrêmement réduites de se réapprovisionner en marchandises dans les circonstances actuelles, et par l'impossibilité totale d'obtenir des fourrures d'importation. M. Déon est aryen et présente les meilleures références du point de vue situation et honorabilité.

« Cette vente offrant toutes garanties de régularité, nous donnons un avis favorable pour sa réalisation et demandons l'approbation des autorités compétentes.

« En conséquence de cette approbation qui entraînera sa réalisation définitive, nous demandons que l'administrateur provisoire, M.R.H., soit relevé de ses fonctions. »

Effectivement, il n'y avait plus rien à administrer. Oui, tout était « régulier ». Un commerce florissant qui ne l'est plus du fait de la guerre ; un propriétaire que l'on empêche de poursuivre ses activités. Et la vente à un prix dérisoire, sous la menace. L'affaire avait été rondement menée. A la fin de 1942, l'étau se resserrait. Mon grand-père avait perdu tous ses biens : sa maison d'Enghien et son magasin.

10

La boîte à ouvrage

Dans un paquet entouré de journaux, attaché par une vieille ficelle, je trouve les extraits du *Journal officiel* du 1er septembre 1925, page 8587, signé de Gaston Doumergue, président de la République, et de Théodore Steeg, garde des Sceaux accordant la nationalité française à mes grands-parents. « Fait à Rambouillet, le 24 août 1925. »

A côté, sont rassemblées les cartes d'électeur de mon grand-père, qui avait donc acquis le droit de vote. Il y a les scrutins du 1er et 8 mai 1932, tamponnés au bureau de l'école des filles de la rue de Chabrol, quartier Porte Saint-Denis, et celui de 1936, avec les tampons des élections du 26 avril et du 3 mai. Une autre carte d'identité, datée du 26 octobre 1942, est établie au nom de Georges Simonin, commerçant, né à Pont-du-Roi, dans le Doubs, et habitant à Troisseaux dans l'Oise. Une fausse carte, sûrement, fabriquée pour le départ vers Salviac.

Je découvre le passeport de ma grand-mère Sipa : « Quarante-trois ans, un mètre soixante-trois, cheveux châtains, yeux bleus, bouche moyenne, menton rond, visage ordinaire. » Que pouvait bien signifier pour le chef du Quatrième Bureau de la Sous-Direction administrative du Cabinet « bouche moyenne » et « visage ordinaire » ? Je regarde attentivement la photographie collée à côté de cette description anthropomorphique. J'y vois une femme rondelette, les pommettes saillantes, dotée d'un très beau regard, portant un grand collier de perles. Rien d'ordinaire, ni de moyen. Une femme.

Mais, surtout, dans le paquet, il y a un panier. Un panier en paille tressée, orné de perles rouges et vertes espacées régulièrement dans des sortes de losanges figurant sur les parois du panier. Certaines perles manquent. L'intérieur est en soie rose, un peu passée, déchirée par endroits. Je l'ouvre avec précaution. J'ôte délicatement ce qui y est entassé.

— Un nécessaire pour se maquiller : poudrier, houppette en plume de cygne et manche en ivoire avec un petit miroir, le tout enfermé dans une pochette bridée avec des fleurs où se trouve également une photographie de ma sœur, enfant.

— Une grande enveloppe en papier du *Royal Haussmann* à l'intérieur de laquelle une longue tresse de cheveux bruns attachés est soigneusement rangée. Peut-être un postiche ? Peut-être ses vrais cheveux ? Les deux à la fois ?

— Une sorte de mantille en dentelle ivoire avec de délicates broderies de fleurs, et une écharpe moirée d'impressions mauves et brunes. Différentes couleurs apparaissent, du bleu, de l'orange, du marron.

— Un autre poudrier en cuir et métal doré, marqué des initiales R.G., Raymonde Gornick ; un porte-photo avec une petite photo de ma mère bébé ; une paire de lunettes pour presbyte dont les verres sont cassés, des boutons dorés, du fil à coudre, une boîte d'allumettes rouge et bleu « S.E.I.T.A., régie française », remplie de brins de tabac.

— Une carte de visite avec un numéro de téléphone, Provence 30-18. C'était le numéro du magasin, Faubourg Poissonnière.

Et enfin une lame de rasoir.

Perplexe, je regarde le contenu du panier étalé sur le plancher lorsque j'aperçois, tout au fond, un bout de papier sur lequel je reconnais l'écriture de ma mère, au stylo à bille bleue :

Prière de ne pas le jeter après moi S.V.P.
Boîte à ouvrage de Maman, revenue de Salviac.

11

L'arrestation des Gornick

Pourquoi Salviac ?

Qu'en savais-je, enfant ? A peu près rien. Juste un nom, prononcé par ma mère avec effroi et qui ne sortait de ses lèvres qu'avec douleur et rage. Je sentais qu'il ne fallait surtout pas lui poser de questions ; ou alors ma mère me prenait sur ses genoux, pour ne pas avoir à affronter mon regard interrogateur, et me câlinait doucement en chantant des chansons russes. Je comprenais qu'elle était triste et j'essayais de l'apaiser en la serrant très fort. Salviac, comme Enghien, faisait partie des noms interdits.

Parce que c'est là que mes grands-parents Gornick sont arrêtés en 1944.

Beaucoup de lettres encore, de photos, la plupart non datées, sont éparses, devant moi. Parfois figure l'indication du jour et du mois, rarement de l'année. Heureusement, certaines enveloppes sont conservées et, en déchiffrant les cachets de la poste, tamponnés sur le timbre à l'effigie du maréchal Pétain, j'essaie de rétablir une chronologie. Peu à peu en me familiarisant avec les écritures, je réussis à retrouver les itinéraires des uns et des autres. De nombreuses lettres sont dictées, celles de mes grands-parents et de ma tante Tania, qui écrivait mal et peu le français.

A quelle date les Gornick quittent-ils Paris ? Quand prennent-ils la décision de laisser leur magasin et leur appartement de la rue de Paradis ? Ils doivent ressentir une sensation de déjà vu ; reviennent les souvenirs d'Odessa et de Romny. Tout abandonner, partir, encore une fois partir... Et pourquoi Salviac, ce village du Lot où personne, dans les familles respectives, n'a aucune attache ? Je les croyais réfugiés au Thoureil après la naissance de ma sœur, à partir de l'été 1939. Il y a deux photos prises à cette époque où l'on voit ma grand-mère Gornick en manteau d'hiver devant la maison des Clément. Elle porte un chapeau à voilette et de la fourrure. La Loire semble très haute. Il fait froid.

J'ignorais tout de la suite, jusqu'à aujourd'hui où j'examine en détail le contenu d'un très vieux porte-documents en cuir noir, très abîmé, caché au fond du placard sur lequel est gravé : « Banque Argentine et Française ». Une inspection rapide me laisse voir des factures, quittances d'électricité, toutes adressées à Georges Gornick et datées des années 1939 à 1942. Et aussi son contrat de mariage de 1913 et son testament établi en 1920. Il y a également des cartes de visite, des enveloppes, autant de papiers qui témoignent que c'est une serviette appartenant à mon grand-père et emportée par lui à Salviac, laissée sans doute sur place et remise plus tard à ma mère comme le panier en osier.

J'apprends ainsi que les Gornick ont loué un pavillon à Saumur, le 15 novembre 1939, 20, rue Aristide-Briand. Sans doute s'y sont-ils installés ? Le 22 mai 1940, une facture est adressée à mon grand-père par la maison Fuller Frères, pour la livraison de « 15 Balles ». Cette société était spécialisée dans les transports terrestres et maritimes et un récépissé témoigne qu'il s'agit de balles de pelleterie. Enfin, à une facture d'électricité du 15 octobre 1941, est jointe une lettre demandant le règlement des frais impayés *après votre départ de Saumur, lors des événements de juin 1940.* Cela correspond aux informations trouvées dans le dossier de l'administrateur provisoire M. H. Mon grand-père essaye de poursuivre ses affaires à Saumur après avoir abandonné le magasin de Paris. L'avancée allemande sur Saumur ruine cette tentative et met fin à son activité professionnelle.

Les Gornick ont dû rentrer à Paris à cette époque, ne sachant pas où aller et ne se sentant plus en sécurité en Anjou. Je connais donc maintenant les principales étapes de l'année 1940.

En 1941, des quittances de loyer attestent leur présence rue de Paradis, mais ils pouvaient continuer à régler le loyer tout en vivant ailleurs. Toutefois, un reçu daté du 1er septembre 1941, témoigne que mon grand-père se rend au commissariat de police, 4 cité d'Hauteville, quartier de la Porte Saint-Denis, pour y déposer un poste T.S.F. de marque Philips. Le commissaire de police a signé ce document qui, entre mes mains, à cet instant, semble irréel. Il résulte de l'ordonnance allemande du 13 août 1941 interdisant aux Juifs d'écouter la radio et leur faisant obligation de déposer leurs postes aux autorités mises en place par Vichy. Un autre échange de lettres, de décembre 1941, fait état d'une demande d'autorisation d'utiliser cinq stères de bois de chauffage. L'affaire dure jusqu'en janvier 1942, date à laquelle, après trois courriers, mon grand-père obtient l'autorisation de la Direction des affaires économiques et sociales de la préfecture de Seine-et-Oise, Sous-Direction de l'approvisionnement, Service départemental du bois, d'utiliser ces cinq stères pour sa maison d'Enghien, ce que confirme une autre lettre provenant de la mairie de Saint-Gratien. Deux mois de démarches pour pouvoir se chauffer !

L'autorisation est valable jusqu'au 1er mars... Le 17 avril, la maison est définitivement confisquée et confiée à l'administrateur provisoire. On comprend, dans ces conditions invivables, sans compter toutes les vexations quotidiennes, dont les documents retrouvés ne font pas état, qu'ils décident de quitter Paris.

Mais quand et dans quelles conditions partent-ils pour Salviac ? Heureusement, avant la rafle du Vel d'Hiv, qui eut lieu les 16 et 17 juillet 1942. Par chance, puisque l'opération était tenue secrète, ils y échappent.

En octobre 1942, Jo Sirota, le cousin de ma mère, sa femme Pauline et Elisabeth, leur fille, quittent Paris et passent clandestinement la ligne de démarcation pour retrouver Georges Gornick, qui devait déjà s'y trouver puisque tous partent vers la même destination.

C'est donc avant l'été 1942 qu'ils quittent Paris. L'absence de lettre avant cette date, c'est-à-dire durant l'hiver 1940 et durant l'année 1941, confirme qu'ils sont proches les uns des autres et n'ont donc pas besoin de s'écrire, à moins que les correspondances n'aient été perdues. Raymonde était peut-être rentrée à Paris, et se rendait de temps à autre au Thoureil.

Georges Gornick part en éclaireur. Ses beaux-frères Kamsky et Sirota sont morts avant la guerre, les trois sœurs ne se quittent pas. C'est lui le chef de famille, intelligent, calme, organisé, brillant et réfléchi. Il a suffisamment d'argent pour acheter les complicités nécessaires. Comment s'effectue son voyage ? Aucune trace, sauf une fausse carte d'identité au nom de Simonin. Un certain Jacques Lévy, antiquaire rue de La Boétie à Paris l'a précédé à Salviac. La secrétaire de ce M. Lévy en était originaire. Se connaissent-ils ? Par l'immigration ? Par les francs-maçons ? Dans la serviette de Salviac, il y avait un petit insigne maçonnique fait pour être placé à la boutonnière. Ou est-ce la secrétaire qui est liée à mon grand-père ? Jacques Lévy et lui n'ont pas de liens d'amitié très étroits durant leurs années communes dans le Lot, d'après les témoignages que j'ai recueillis récemment et dont je reparlerai. Et, après la guerre, ma mère n'a jamais revu Jacques Lévy, bien qu'il ait partagé la vie de ses parents à l'*Hôtel de l'Univers*. Pourquoi Salviac ? Je n'ai pas trouvé d'autre indice qui l'explique.

A partir de 1942, un lot de cartes-lettres, préparées d'avance, comme des documents administratifs, dont le timbre est imprimé à l'effigie du maréchal Pétain (quatre-vingts centimes), apportent plus de renseignements. La destinataire est toujours Raymonde, soit en Anjou, soit à Paris ; l'expéditeur, Sipa Gornick, ma grand-mère. Le cachet de la poste est peu lisible. Il y en a sept, toutes écrites au mois d'août. L'écriture varie. Il y a peu de fautes d'orthographe, ce qui laisse supposer qu'elles ont été dictées. Sur d'autres ne figure que le destinataire ; elles ne sont pas écrites ni affranchies, elles ont donc été données avant leur départ, par Raymonde, sans doute, à ses parents, en prévision d'une longue séparation.

Dans la lettre dictée du 2 août 1942, ma grand-mère s'inquiète du sort des uns et des autres, demande à recevoir des nouvelles tous les deux jours. Elle dit commencer à se reposer et apprécie le pays *très joli et très calme*. Elle attend ses deux sœurs Tania et Bella.

La deuxième carte est datée du 12 août 1942. Sipa se réjouit d'avoir eu du courrier, *demande que l'on achète à ton mari ce qu'il désire pour sa fête et que l'on mette cela sur mon compte*. Elle indique qu'elle n'a pas pu aller où elle voulait. Tania n'a pu trouver qu'une chambre à l'hospice. Elle y habite en attendant mieux. *Je pensais prendre une petite villa mais nous ne l'avons pas eue*. Elle s'est donc installée à l'hôtel, sur la place du village – l'*Hôtel de l'Univers*. Elle donne de bonnes nouvelles de mon grand-père, *ton papa va très bien, la campagne lui réussit*. Elle est *très contente de votre décision de rester au Thoureil jusqu'à fin septembre ce qui était mon avis avant mon départ. Surtout ne changez pas d'idée.*

La troisième carte date du 26 août 1942. Elle indique que ses deux sœurs *se sont calmées*, *s'ennuie beau-*

coup, Paris lui manque. *Dis-moi quand tu penses rentrer à Paris, c'est là qu'on est le mieux.*

Celle du 28 août fait à nouveau transparaître son inquiétude ; Sipa est heureuse que Catherine se porte bien, ajoutant : *si elle est polissonne, cela n'a pas d'importance, c'est de son âge.* Et se réjouit aussi que Raymonde, sa Rivotchka, rentre à paris le 15 septembre : *Tu seras mieux auprès de ton mari, à mon avis.*

Le 1er septembre, Pauline, l'amie de cœur, écrit à ma mère. Pauline l'accompagne depuis son enfance. Elle figure sur toutes les photos de classe conservées par ma mère ; on la reconnaît bien car Raymonde entourait au crayon ses amies préférées en marquant leurs noms avec des petits cœurs. C'est une belle jeune femme aussi blonde que Raymonde est brune. Elle est vive, très active et son caractère trempé par les épreuves familiales contraste avec celui plus nonchalant de ma mère. Le père de Pauline, Juif alsacien né à Francfort, est mort au combat en 1917. Pauline a été élevée par sa mère, et leurs conditions de veuve de guerre et de pupille de la nation ne les ont pas mises à l'abri des persécutions. Elle vient souvent chez les Gornick.

Elle y rencontre Jo, le cousin unique de Raymonde. Jo et Raymonde sont les deux seuls enfants nés de l'immigration d'Odessa. Jo, fils de Bella. Et Raymonde, fille de Sipa. Ils ont été élevés ensemble. Jo est un beau garçon de tempérament placide, et peu fait pour les situations de crise, au contraire de Pauline qui décide, organise, tranche et rayonne de son envie de vivre. Elle est séduisante, elle le sait. La guerre met à nu les faiblesses comme les forces.

Pauline évoque dans sa lettre ses deux cousins parisiens, Gilbert et Daniel Bloch *qui sont tombés très malades. Tu imagines notre chagrin à tous. Maman essaye de les soigner... arrivera-t-on à les guérir ? Quelle pitié !*

J'ai su plus tard l'histoire de ces cousins *tombés très malades*. La famille avait quitté Paris. Le plus jeune des fils, Bertrand, était resté avec ses parents. Les deux aînés, âgés de seize et dix-huit ans, étaient partis de leur côté. Cela semblait plus sûr de ne pas voyager tous ensemble. Mais à Vierzon, sur la ligne de démarcation, ils furent arrêtés. Est-ce le passeur qui les dénonça ? L'aîné, Daniel, fut envoyé directement à Drancy, où il resta jusqu'en juillet 1943 tandis que son frère mineur, Gilbert, pris en charge par l'Union générale des israélites de France, l'U.G.I.F., continua ses études au lycée jusqu'au 27 juillet 1943, où il fut arrêté ainsi que la mère de Pauline, Marthe Francfort Cahen, et envoyé à Drancy. Ils ne revinrent jamais d'Auschwitz. Pauline perdit ainsi sa mère en 1943 après avoir vu disparaître son père en 1917.

Dans la sixième carte envoyée à sa fille, ma grand-mère se réjouit de savoir tout le monde en bonne santé. Et dans la dernière lettre, datée du 7 septembre, elle indique : *Je te prie de me répondre immédiatement, car je m'ennuie beaucoup. Je reste toujours à l'hôtel, comme je te l'ai écrit, et je trouve qu'à tous les points de vue, ce n'est pas aussi commode comme je le pensais avant mon départ de Paris de s'installer, c'est encore assez compliqué.*

Toutes ces cartes « interzones » sont lues par la police. Il n'y a pas d'enveloppe. Les noms du destinataire et de l'expéditeur permettent des contrôles. C'est ce qui explique leur contenu anodin, d'une banalité étonnante quand on sait par ailleurs la situation en France en août 1942, surtout dans la communauté juive après la rafle du 16 juillet.

Que se passe-t-il, au moment même où ils écrivent ces cartes ? Que pensent-ils vraiment que l'on puisse deviner entre les lignes. On ne sait rien de leurs sentiments. L'angoisse seule transparaît derrière l'avalanche de questions sur la santé des uns et des autres, et leur inquiétude extrême dès que le courrier n'arrive plus.

Ont-ils connaissance des rafles ? Lisent-ils les journaux et lesquels ? Ecoutent-ils la radio de Londres ? Savent-ils qu'il y a dans le maquis, tout près, des résistants et beaucoup plus loin, à l'est, des camps de concentration ?

Une autre lettre du 24 août 1942 est envoyée par Suzanne, qui s'occupe de l'appartement de la rue de Paradis avec Victor son mari, sorte de majordome chauffeur qui règle tous les problèmes. Le couple est très attaché à la famille. Ils vivent avec eux depuis longtemps, mon grand-père est généreux. Ils sont très fidèles. Suzanne envoie un colis, assez imposant, préparé par mon père et expédié à Salviac avec beaucoup de difficultés : *La lettre était indéchiffrable car elle était toute mouillée et l'encre avait déteint.* Suzanne qui déplore de n'avoir pas trouvé *les ronds de serviettes* réclamés par mon grand-père, ni la photo mais, *heureusement, il y a tous les tissus que Madame réclame.*

La mère de ma grand-mère, la vieille Babouchka, restée à Paris, sans doute à cause de son grand âge, se plaint *de ne pas avoir d'œufs à manger tout le temps*. Il faut donc lui en envoyer. Les autres nouvelles proviennent des voisins. La lettre se termine *avec l'espoir de vous revoir le plus tôt possible*. Est jointe une liste détaillée des trois paquets envoyés : draps, torchons, serviettes, nappes, mouchoirs, chemises de toutes natures, y compris faux-cols, plastrons, cravates blanches, gilets, jaquettes, bottines vernies. Que pouvaient-ils faire de tout cela à Salviac ? Quant au troisième paquet, il contient de la vaisselle, des chapeaux (*tous les chapeaux de Madame*), un fume-cigarette, un porte-cigarettes, sans compter un col blanc en fourrure et le *chapeau bleu de Monsieur*.

On sent dans cette liste le désir irrépressible de retrouver, à l'*Hôtel de l'Univers*, la vie de Paris, les habitudes vestimentaires, et le quotidien, désir dangereux dans un village du Lot où ce mode d'existence risque d'attirer l'attention, ce qui fut le cas.

J'imagine mon grand-père, élégant, chapeau noir ou bleu, bottines, fume-cigarette à la main, déambuler dans les rues mal pavées de Salviac. Je l'entends bavarder avec les habitants du village, au café, chez les commerçants, dans les champs peut-être ? Se retrouvant pour l'essentiel en famille avec ma grand-mère et ses sœurs, parlant russe ou yiddish et jouant aux cartes interminablement à la terrasse de l'hôtel, au milieu des vareuses et des pantalons de toile aux accents rocailleux du Sud-Ouest.

Je retrouve la trace de mes grands-parents en 1943 sur un ordre de réquisition signé du maire de Salviac rappelant les dispositions de la loi du 11 juillet 1938 et le décret du 28 novembre 1938 et indiquant : « M. Gornick Georges est requis pour assurer la garde des voies ferrées pendant la journée du 24 septembre 1943 de 14 heures à 21 h 30. Il aura à se rendre à la gare de Dégagnac à 14 heures. » L'ordre est daté du 21 septembre 1943. Il n'est plus question de statut des Juifs quand il s'agit de réquisitionner ? Mon grand-père a-t-il obtempéré ? Un autre papier de même nature lui enjoint de se rendre à la même gare le 26 octobre à 13 heures.

Le 3 novembre 1943, mon père vient rendre visite à ses beaux-parents. Il doit s'assurer de la bonne installation de la famille, régler les affaires, apporter ce qui est nécessaire.

Sur la petite place du village, à l'ombre de l'église, mon père les a tous réunis. Ils sont heureux de se retrouver. Il n'y a pas beaucoup de temps pour tout se raconter. Tellement de questions à poser ! Oui, la Babouchka va bien, Victor et Suzanne s'occupent de tout. Oui, la petite Catherine est au Thoureil, en nourrice. Elle est en sûreté, il n'y a pas de souci à se faire. Et Raymonde, leur petite Rivotchka ? Elle fait comme elle peut, se cache quand c'est nécessaire, travaille à la pharmacie, vient au Thoureil pour voir sa fille et assister au mariage de son beau-frère Pierre avec Huguette.

Il faut rester tranquille, les Allemands finiront bien par la perdre, cette guerre. Depuis le débarquement allié en Afrique du Nord, on sait bien qu'ils seront obligés, un jour ou l'autre, de quitter la France. Et puis Hitler est en train de s'enliser en Russie. Ah ! Ils nous ont chassés, mais pour l'instant, heureusement qu'elles sont là, les troupes russes !

On boit. On est heureux. Les yeux se croisent. Yves et Pauline se connaissent bien : c'est sa cousine par alliance. Jamais il ne l'avait regardée de cette façon. Yves est beau, il arrive de Paris. Elle a toujours admiré son élégance, sa culture, cette façon un peu distante qu'il a de se comporter avec les uns et les autres. Yves. Pauline en a tellement parlé avec Raymonde qui bataillait pour l'épouser. Les mains se frôlent, elle se sent rougir. Il insiste, sans que son visage ne bouge. Il doit repartir.

Raymonde, restée à Paris, attend avec impatience de recevoir des nouvelles fraîches de toute sa famille.

— Raconte-moi encore, dit Raymonde au retour d'Yves. Comment sont-ils installés ? Tu as vu leur chambre ? Au deuxième étage ? Mais comment font-ils pour monter ?

Il raconte tout. Sauf l'essentiel.

A partir de l'automne de 1943, plus de lettres datées, mais certaines ont dû être écrites par ma grand-mère à cette période. Elles commencent toujours ainsi : *Mes chers enfants. Ta lettre du (...) Je reçu (sic) ce matin et je empresse de répondre...* La dernière, du 31 octobre, précise : *Demande à Yves, vu que je dois changer mes lunettes. Je vois rien et je dois aller chez oculiste, s'il pourra me trouver des vers, si tôt votre réponse je vais aller a Cahors voire oculiste, ici on ne trouve rien. Puis embrasse bien fort notre petite-fille, est ce qu'elle se rappel « Babouchka, la tibia loubiou » ? Ecris-nous le plus souvent possible. Vos parents.*

Après, il n'y a plus de correspondance jusqu'à cette lettre de Tania, du 31 mars 1944.

Chers enfants,

Il nous est arrivé cette nuit un grand malheur, on est venu perquisitionner à l'Hôtel et on a ramassé papa et maman, on les a amenés vers Cahors. Sûrement, on va les passer par Paris, je n'ai pas voulu vous annoncer cette terrible nouvelle, mais nous pensons peut-être, si vous avez quelques relations, peut-être vous pouvez faire quelque chose. Nous ici, nous sommes dans un tel état, que nous ne pouvons rien faire.

Bella, en apprenant ce matin la nouvelle, en a eu une syncope jusqu'à l'arrivée du docteur qui lui a fait deux piqûres. Je vous en supplie mes chéris d'écrire à l'adresse des M. car avec cela nous pouvons avoir des nouvelles de temps à autre. Vous n'avez qu'à continuer de vous adresser à lui pour recevoir des colis.

Voilà nos bonnes nouvelles et fais attention à toi, ma chère Raymonde.

Toutes les affaires que vos parents ont laissées chez les M. et S. (« Bon Marché » à Salviac) et beaucoup de choses ont été confisquées.

Donne, s'il te plaît 1 000 F à Grand-mère.

Je vous embrasse bien tous les trois.

Tania.

Le même jour, une lettre est adressée à mon père par un M. F. de Salviac.

Salviac – Lot – 31 mars 44.

Monsieur,

Je n'ai pas le plaisir de vous connaître, mais j'avais beaucoup d'amitié pour votre beau-père, et c'est à ce titre que je me permets de vous écrire, non pour vous annoncer ce qui vient de lui arriver (ses belles-sœurs vous en ont sans doute informé), mais pour que vous ayez l'obligeance de me donner de ses nouvelles dès que vous en aurez. Il m'avait tenu au courant de son affaire de révision de dossier, et je lui avais vivement conseillé d'envoyer un mandataire à Vichy, seul capable d'obtenir quelque chose par l'initiative directe et personnelle. J'espère que cela a été fait, et qu'une mise au point rapide permettra sa prochaine libération. Dans l'état de santé où il se trouvait, on peut tout redouter d'émotions violentes comme celles qu'il vient d'éprouver. De toute façon, je vous serais reconnaissant de vouloir bien me rassurer sur son sort dès que possible. Inutile d'ajouter que si je pouvais vous être utile de quelque façon que ce fût pour faire rendre justice à ce bon et brave homme, je me mettrais entièrement à votre disposition.

Veuillez croire, Monsieur, à l'assurance de mes meilleurs sentiments.

Le 12 avril 1944, une lettre est envoyée à mon père par M. Eugène Longatte, 16, place Olivier, à Toulouse, qui avait fait de Georges Gornick le parrain de son fils. Il lui indique que : *M. et Mme Gornick sont à Toulouse à la prison Saint-Michel. Hier, le 11 avril, je me suis présenté à la prison aussitôt, mais trop tôt, il a fallu que j'y revienne à 3 heures pour donner le linge propre et les deux colis ont été tous deux acceptés, ce qui prouve qu'ils sont bien là tous les deux... La remise du linge propre se fait tous les mardis de 3 heures à 5 heures, et l'on reprend le linge sale tous les mercredis aux mêmes heures.* La lettre est arrivée le 13 avril à la poste de la rue Dupin – Paris VIe.

Que s'est-il passé à Toulouse, à la prison ? Comment ont-ils vécu ? Quelles nouvelles recevaient-ils ? J'imagine la détresse de Raymonde, après presque cinq ans de guerre et alors que l'on attendait d'un jour à l'autre le débarquement allié.

Il était sûr en ce printemps 1944 que la guerre serait perdue pour le IIIe Reich, quelle douleur redoublée de savoir ses parents arrêtés si peu de temps avant la Libération !

Une autre lettre adressée cette fois à M. Loutchnick, l'employé blanc, officier de l'Armée rouge, le 20 avril 1944, au magasin 20, rue du Faubourg-Poissonnière, Paris Xe. Elle est écrite au crayon sur le recto d'un rectangle de papier, signée sûrement de la main de mon grand-père, car la signature est la même que celle figurant sur les cartes électorales :

Je suis autorisé à recevoir des colis vestimentaires avec les objets suivants : deux chemises kaki, un pantalon de costume, une paire de brodequins ou grosses chaussures, serviettes de toilette, ceinture, couverture, pâte dentifrice, savon, couteau, pantoufles.

Le colis devra porter l'adresse suivante : U.G.I.F., 120,

Bd de Belleville, Paris, pour être remise à M. Georges Gornick, camp de Drancy. Je me porte bien. Amitiés.
Georges Gornick.

L'U.G.I.F. était dirigée par des notables israélites français qui regroupaient des œuvres d'assistance pour la communauté juive. Une sorte de Croix-Rouge pour Juifs. Créée à l'initiative des Allemands et de Vichy, les occupants pensaient qu'un tel organisme faciliterait leurs desseins, comme les *Judenrate*, qu'ils avaient établis dans les villes de Pologne. Ils devaient également fournir des informations sur les contacts établis par l'intermédiaire de l'association.

***

J'ai voulu savoir ce qu'était la vie de mes grands-parents à Drancy.

Dans la bibliothèque de ma mère, j'ai trouvé un livre, *La Vie à Drancy*, publié le 1er août 1945, aux éditions Gedalge, de Julie Crémieux-Dunand, infirmière à la Croix-Rouge, arrêtée le 31 mai 1943, à la suite d'une dénonciation, accusée d'être juive et de ne pas porter l'étoile, ce qui était faux.

Convoquée rue des Orfèvres, il lui manque le certificat de baptême de son grand-père. Après des interrogatoires serrés, et malgré toutes les preuves qu'elle peut fournir, elle est envoyée à Drancy. Son nom, sûrement, évocateur du décret Crémieux de 1870 ayant donné la citoyenneté française aux Juifs en Algérie (décret aboli par Vichy), fut la cause de son internement qui dura plus de six mois.

C'est cette période qu'elle a dénoncée jour après jour, en racontant la saleté, la promiscuité, les vexations, les coups, les tortures, la maladie, les fouilles, la faim et l'angoisse terrible du départ.

« Les internés étaient convoqués dans la cour avec tous leurs bagages. Le chef d'escalier était obligé de réveiller les hommes et les femmes à n'importe quelle heure de la nuit pour leur annoncer la terrible nouvelle... Les hommes sont tondus. Des fouilleurs professionnels de la Police judiciaire française vérifient tous les colis ou balluchons. Bijoux, argent sont pris. Aucune bouteille ou objet en verre, couteau ou fourchette, rasoir, stylo, crayon ne sont tolérés. On ne leur laisse même pas d'espoir.

« La fouille terminée, on trace une croix à la craie sur le dos de l'interné, comme sur un bagage au passage de la douane. Ensuite ils sont dirigés, d'après la lettre alphabétique de leur nom, vers les escaliers de départ, d'où ils ne pourront plus bouger sous aucun prétexte. Un gendarme et un planton civil ne quitteront plus le bas de l'escalier. Les partants couchaient sur la paille, transformée vite en fumier car il y avait deux seaux pour trois cent vingt personnes. Dans cette atmosphère empuantie par les excréments et l'urine qui débordent, les dernières heures à Drancy seront affreuses pour les déportés.

« Avant 6 heures du matin, les autobus arrivent. Ils entrent dans la cour. Un détachement de soldats allemands vient prendre livraison du convoi et les déportés montent dans les autobus qui les emmèneront au Bourget. Parfois certains, sans que l'on sache pourquoi, sont retirés du lot par un officier allemand, selon son bon vouloir. D'autres se sont cachés ou manquent à l'appel. Les malades partent sur des brancards. Un soldat allemand armé est assis sur les bagages amoncelés sur la plate-forme de l'autobus.

« Au Bourget, l'embarquement est présidé par un officier. Les voyages s'effectuent en wagons à bestiaux. Normalement, il ne doit pas y avoir plus de quarante personnes. Tout est rodé, sans faille. Il y a deux seaux, l'un pour l'eau potable, l'autre pour les besoins naturels. Les wagons sont plombés. »

Le convoi s'ébranle vers l'Est.

C'est donc ainsi que mes grands-parents vivent leurs derniers jours et leurs ultimes moments sur le sol français.

Car la dernière lettre, dans une petite enveloppe tapée à la machine et adressée à une Mme Georges, 138, Faubourg Saint-Honoré, est expédiée de Paris, rue Etienne-Dolet, le 3 mai 1944 à 17 heures : un bout de papier mal déchiré, sur lequel est écrit au crayon, d'une écriture rapide : *Georges et Sipa sont partis* – le mot figure sur la lettre, et a été rayé et remplacé par *déportés – samedi matin. En vous embrassant. Georges*. Au dos, écrit rapidement : *Je vous prie d'envoyer à l'adresse indiquée SVP.*

J'imagine que ces six lignes sont rédigées dans l'urgence extrême du moment par mon grand-père. Il indique le nom et l'adresse de la personne à qui l'adresser (une de ses belles-sœurs). La signature est la sienne. Quelqu'un a posté la lettre pour lui, quelqu'un à qui il a pu, en catastrophe, au moment de partir, de monter dans l'autobus peut-être, remettre ce bout de papier – sans doute, vue sa finesse, du papier-toilette. Cette personne l'a mis dans une enveloppe, a tapé l'adresse à la machine et l'a expédié comme demandé.

Je ne possède que deux textes écrits de la main de mon grand-père. Ils viennent de Drancy. En les découvrant, presque soixante ans plus tard et en extrayant ce dernier petit morceau de papier fragile, si fragile, mes mains tremblent.

La fin est consignée dans un texte manuscrit de mon père, deux mois avant ma naissance, découvert dans le même classeur, dans le même placard et dont personne, jamais, ne m'avait parlé. La même écriture que celle des lettres d'amour de 1937 :

Témoignage de M. Rubin – 102, avenue du Général-Michel-Bizot – Fourreur[1].

Vu le 11 mars 1945, en compagnie de M. Gornick (sans doute l'oncle Michel-Moïse)*, M. Rubin qui m'a donné les renseignements suivants concernant Georges et Cécile Gornick.*

M. Rubin connaissait antérieurement Georges Gornick en tant que fourreur et, le retrouvant au camp, a vécu avec lui et sa femme. M. Rubin avait été arrêté avec sa femme, sa fille et sa belle-mère à Brive. Sont restés ce jour M. Rubin et sa fille, sa femme et sa belle-mère ayant été assassinées dès leur arrivée à Auschwitz.

Georges et Sipa Gornick sont arrivés au camp de

1. M. Rubin s'appelait en fait Rubinstein. J'ai retrouvé sa carte de visite avec un dernier témoignage nécessaire pour l'obtention des certificats de décès.

Drancy le 11 avril 1944. Le convoi de déportation a quitté la gare de Drancy le 29 avril 1944 au matin en direction d'Auschwitz. M. Rubin, sa femme, sa fille, sa belle-mère, Georges et Cécile Gornick étaient dans le même wagon.

Le voyage s'effectua dans des conditions relativement bonnes. Nourriture suffisante. Pas trop serrés (60 personnes par wagon). Durée du voyage : 3 jours avec un seul arrêt en rase campagne pour vider les tinettes. Autant que l'on puisse le savoir, le convoi est passé par Leipzig, Breslau, Katowice.

Arrivée à Auschwitz le 1er mai 1944, vers 9 h 30 du soir. Triage sur le quai à descente du train en hommes et femmes, malades mis à part, enfants au-dessous de 13 ans, personnes qui le demandent, autorisées à monter dans des autocars. Passage des autres devant le médecin SS qui trie les gens en jeunes et vieux, à la fois sur déclaration de l'âge et âge apparent. Tous les gens ainsi triés ne sont pas restés dans le camp. Les découvertes après la libération ont appris qu'ils avaient tous été tués, gazés et brûlés.

Les chiffres sont les suivants :

Au départ de Drancy, le convoi comprenait environ 1 230 personnes, soit :

Sur 700 hommes, 46 sont rentrés dans le camp.

Sur 500 femmes, 93 femmes.

Et 30 enfants.

Le reste du convoi a été systématiquement « exterminé » (le mot allemand figure sur la « comptabilité » du camp).

Des 46 hommes ainsi entrés au camp d'Auschwitz, 3 dont M. Rubin sont rentrés vivants par Odessa, 4 ou 5 autres rentrés ultérieurement. Au maximum, 8 survivants sur les 46 hommes entrés au camp.

Des 93 femmes, 20 ont été rapatriées vivantes.

Ainsi donc, sur 1 230 personnes arrivées à Auschwitz,

129 sont restées dans le camp, 1 111 ont été assassinées de suite, et sur les 129, 101 sont mortes au camp, 28 survivants actuellement.

Ainsi donc, Georges et Sipa Gornick ne sont pas rentrés au camp d'Auschwitz et ont été assassinés dans la nuit du 1er mai 1944 par les Allemands en compagnie de 1 109 autres personnes.

12

Salviac

Salviac. Après plusieurs mois dans l'appartement, le voyage s'impose. Je n'en peux plus de compulser tous ces documents. Il faut que j'y aille. Même si cela me coûte. Même si c'est difficile. Même si j'ai le plus possible retardé ce moment.

Julien, mon fils, veut m'y accompagner. Nous nous retrouvons sur le quai de la gare d'Austerlitz ce vendredi après-midi de décembre.

Quand il a eu douze ans, ma mère l'a fait venir un jour, à mon insu. Elle ne m'en a rien dit.

— Viens, j'ai quelque chose pour toi.

Et sans préambule, ni longues explications, elle a ouvert le tiroir de son secrétaire et lui a donné son étoile jaune.

Pour le garçon, bien sûr.

— Tiens, garde-la. Je veux que ce soit toi qui la conserve.

A son âge, il ne savait pas grand-chose ni des religions, ni de l'histoire de sa grand-mère ni de la mienne. Mais il a compris que c'était un acte essentiel. Treize ans plus tard, il veut m'aider à obtenir le maximum de renseignements. Il craint que l'émotion ne me submerge et que je ne parvienne pas à poser les bonnes questions. Cela me réconforte de partir avec lui.

Il fait nuit quand nous arrivons en gare de Gourdon. Elisabeth, ma cousine, la fille de Jo et de Pauline nous y attend. Cette histoire est tout autant celle de Pauline que la mienne, car mon père n'a pas seulement regardé Pauline. Il l'a aimée et en a été aimé. Un regard en 1943. Un mariage en 1957. Que s'est-il passé durant toutes ces années ?

1944, à Paris, l'heure de la Libération a sonné. La fin de la guerre approche. Raymonde attend avec angoisse des nouvelles de ses parents. Chaque jour apporte des informations épouvantables. Yves pense qu'un autre enfant arrangera tout. Du moins, il fait comme si. Raymonde est enceinte et passe l'hiver de 1944-1945 entre la pharmacie de la rue du Cherche-Midi et l'hôtel *Lutétia* où elle espère encore le retour de ses parents. Elle voit chaque jour les déportés revenir. Pas eux.

Deux mois plus tard, Raymonde devient ma mère. Seule la présence de Catherine et ma naissance lui donnent les forces nécessaires pour ne pas sombrer irrémédiablement dans la dépression.

Yves Clément à cette époque devient pharmacien gérant des laboratoires Seclo, petit laboratoire de produits pharmaceutiques dont le gestionnaire est un certain Marcel Schuler. C'est à cette époque de la Libération que se retrouve leur petite troupe d'anciens étudiants de la faculté de pharmacie. C'est parmi eux que l'on me choisit un parrain et une marraine, les Morel, qui me portèrent sur les fonts baptismaux. Entre-temps la guerre est passée, et la dernière année fut terrible : 29 mars 1944, arrestation de mes grands-parents , 6 juin, débarquement allié en Normandie , en août, libération de Paris. En novembre ma mère apprend la mort de ses parents. Son fils naît en 1945. Que d'événements !

Ils se voient chez l'un, chez l'autre. C'est à cette période d'après-guerre – je n'ai jamais su à quelle date précisément – que Yves et Pauline deviennent amants. S'installe alors une période trouble, faites de non-dits, de faux-semblants et d'apparences, dans lesquels les couples légitimes restent officiellement unis tandis que la réalité des liens se défait pour laisser place à une cohabitation de plus en plus glaciale.

Cela ne les empêche nullement de se voir, tous ensemble, chaque fin de semaine à Nesle-la-Vallée, de se recevoir à dîner et de faire comme si, « pour préserver les enfants ».

C'est dans ce climat qu'Elisabeth, Catherine et moi avons été élevés. Séparément. A la fin de la guerre, Lucienne, âgée de quarante-quatre ans, rentre au service de la maison pour s'occuper de tout. Elle trouve avec moi le fils qu'elle n'a pas eu et prend une place essentielle, s'occupant de gérer l'appartement, la cuisine, le ménage et de m'élever. Lucienne se dévoue totalement et devient indispensable à ma mère, alors en pleine dérive, avec un tel soin que je suis élevé beaucoup par elle, sans ma sœur qui étudie inlassablement.

Je vis entre ces deux femmes, ma mère et ma nourrice, avec un père distant et une sœur éloignée.

Cette situation a duré douze ans durant lesquels j'ai le souvenir d'avoir eu de plus en plus de difficultés à comprendre la nature des liens qui rapprochaient ou séparaient ceux qui m'entouraient. Les couples n'en étaient pas. La famille était un lieu de silence et de haines cachées : la réalité de l'amour était ailleurs. Pour mon père, dans les bras de Pauline ; pour ma mère, dans ceux de Marcel. Quand se trouvèrent-ils ? Cela non plus, je ne le sais pas. Mais dans les années cinquante, tout était joué. Même si Yves et Raymonde vivaient toujours ensemble, tout comme Pauline et Jo. Marcel avait déménagé de son côté non loin de la pharmacie, rue du Cherche-Midi, lui aussi, près du métro Falguière. J'y accompagnais parfois ma mère le dimanche, quand je n'étais pas à la campagne avec mon père, Pauline et Jo.

En ce mois de décembre 2003, Elisabeth est là, sur le quai de la gare de Gourdon. Silhouette frêle et chaleureuse. Elle sait pourquoi nous venons. Salviac est situé à treize kilomètres de la gare. C'est un de ces villages tranquilles comme on en traverse beaucoup en se promenant dans la région, sur la route des vacances, avec de belles pierres ocre, des pigeonniers couverts de tuiles rouges, une petite rivière, le Céou, qui coule dans la vallée. C'est là, où elle avait passé la guerre, que Pauline s'est fait construire une maison après la mort de mon père. Elisabeth y habite désormais, depuis que Pauline, sa mère, est morte.

Quand nous arrivons à Pech-Curet, il fait nuit noire.

Dans ce hameau, Pauline, Elisabeth et Jo, Tania et Bella se sont réfugiés après l'arrestation des Gornick. Elisabeth a été hébergée dans un autre hameau par sécurité. Elle y fut accueillie, et sauvée par les habitants qui l'ont protégée, nourrie, élevée. Pour Elisabeth, Salviac est un souvenir heureux. Nous n'avons jusqu'ici jamais parlé de ces événements. Unis par ma mère, divisés par mon père, comment réconcilier nos sentiments ?

Julien écoute. Il veut tout savoir. Mais c'est difficile, parfois, de lui répondre, la gorge serrée, tant ses questions sur mon père sont insistantes, presque indiscrètes. Jusqu'ici, je pensais que le silence aussi se transmettait de génération en génération. Avec Elisabeth, pour la première fois, nous cherchons ensemble, en recoupant nos souvenirs, à savoir à quelle date ils se sont trouvés, ce que sa mère lui disait de la mienne, comment elle avait vécu toute cette période de l'après-guerre. Je parviens peu à peu dans ce combat contre l'oubli à satisfaire la curiosité de Julien. A rompre le silence.

Ils sont partis se coucher. Je suis seul dans ce salon rempli des traces de mon père, son bureau, ses livres, son fauteuil, ses tableaux. Je reste dans le noir. Tous les fantômes sont là, autour de moi, je viens les réveiller. Tout, ici, m'est à la fois familier et étranger. Un malaise grandissant, comme chaque fois, me saisit.

*
**

Je connaissais Salviac. J'y étais venu à plusieurs reprises durant les vingt dernières années rendre visite à Pauline, après la mort de mon père. J'y passais, en partant ou en revenant de vacances, heureux toutefois d'embrasser une Pauline accueillante, toujours gaie, pleine de vie et restée très belle femme. Mes enfants, joyeux, se demandaient qui était cette autre grand-mère.

— Mais alors, Papa, c'est la cousine de grand-mère ?

— Oui, au début. Après, c'était la femme de mon père.

— Et Elisabeth, c'est qui ? Ta cousine ou ta sœur ?

— C'est à la fois ma cousine et une sorte de demi-sœur. Et puis zut ! Fichez-moi la paix !

Je renonçais à leur expliquer. Je les voyais bavarder, manger des tartes aux abricots, regarder les photos. J'avais le cœur lourd. Une partie de la vie de ma mère s'était déroulée à Salviac. Ses parents. Son cousin. Son amie, et leur mari, à toutes les deux. Pauline et moi étions assis dehors, elle me comprenait. Nous évoquions inlassablement mon père, j'essayais, par elle, de le comprendre enfin. Elle qui l'avait tant aimé, même si Yves, mon père, s'était éloigné progressivement de sa seconde femme comme de la première. Sur un banc, nous en parlions, Pauline et moi, partageant les difficultés de cet être compliqué, son mari, mon père. Une complicité tissée par toutes les contradictions, amours et haines que j'avais vues naître, se développer ou s'atténuer au fur et à mesure des années.

Qu'en reste-t-il maintenant qu'ils sont tous morts ?

Je regardais le Céou couler dans la vallée et partais seul pour de longues promenades...

Ma mère avait décidé de ne plus jamais aborder cet épisode si douloureux de sa vie. Elle évitait de prononcer le nom de l'un ou de l'autre, jusqu'au soir où elle m'avait fait ses dernières recommandations, soixante ans après :

— Je ne veux pas qu'elle vienne à mon enterrement.

Ses dernières paroles.

Cette violence contenue, exprimée très rarement, comme un cri de rage, a beaucoup pesé sur mes relations avec Pauline. Je le sentais, même si Maman ne disait rien, quand je lui racontais le Thoureil, les vacances, et essayais de lui tirer un mot, parfois en la provoquant en lui parlant de Pauline. Elle explosait.

L'interdit maternel pesait sur moi, j'aurais eu le sentiment de trahir ma mère. Respecter son mutisme. Ne pas parler, surtout de ce qu'elle taisait obstinément.

***

Le lendemain matin, je fais lire à Elisabeth toutes les lettres que j'ai retrouvées, parties d'ici il y a soixante ans. Comme moi, elle en ignorait l'existence. Comme moi, elle a envie d'en savoir davantage.

Julien nous accompagne chez le maire.

Le temps est froid, les arbres dénudés, le village calme. Le maire, Jean-Pierre Cabanel, nous attend à l'*Auberge du Quercy*, sur la place de l'Eglise. L'*Hôtel de l'Univers* a changé d'identité. Julien découvre les lieux.

— C'est ici ?

— Oui.

— C'est là qu'ils habitaient ? C'est dingue !

Il me prend la main.

Le maire habitait l'*Hôtel de l'Univers* pendant la guerre. Ses parents en avaient la gestion.

Jean-Pierre Cabanel avait quatre ans et demi, la nuit de l'arrestation des Gornick. Son souvenir est vif. On peut avoir très peur à quatre ans et demi. Il se rappelle très bien mon grand-père, surtout pour les cadeaux qu'il lui faisait à Noël, beaucoup plus beaux, en 1943, que ce que pouvaient lui donner ses parents.

Mon grand-père, soudain, reprend vie.

Dans le village, Georges Gornick était connu, très sociable, généreux, bavardant volontiers avec le coiffeur, les voisins, ceux qu'il avait côtoyés pendant deux ans. Il avait pris en affection le petit Jean-Pierre, mais aussi la famille Longatte, famille très pauvre de douze enfants, et il était devenu le parrain d'un des fils, et c'est le père de celui-ci qui viendra le visiter à la prison de Toulouse après l'arrestation et qui écrira à ma mère.

Ma grand-mère Sipa était plus réservée, toujours en compagnie de ses sœurs, couverte de fourrure, ce qui suscitait étonnement et jalousie.

Georges Gornick jouait aux cartes, au piquet, le soir, chez le voisin dont j'ai rencontré la fille âgée aujourd'hui de quatre-vingt-dix ans, Marie-Antoinette Léon, vive et alerte et qui a gardé parfaitement en mémoire les événements de cette période.

— De quoi parliez-vous ?

— Mais de tout, de rien. Il était très gentil, courtois, élégant, se promenait, prenait des nouvelles de chacun.

— Il ne se méfiait pas ?

— Non, on ne voyait jamais les Allemands à Salviac. C'était très rare. Ils étaient à Cahors. Et puis il y avait le maquis, ils ne s'aventuraient pas trop par chez nous. Mais je me souviens de leur arrestation.

Que s'est-il donc passé, la nuit du 29 mars 1944, pour qu'ils soient emmenés ?

Le maire nous conduit dans l'hôtel, m'indiquant les modifications survenues au cours des années, qui ont bouleversé l'agencement du rez-de-chaussée et l'accès aux étages.

— Vous voyez le couloir ? Je dormais là, dans cette chambre. Un peu plus loin, il y avait M. Lévy, antiquaire à Paris, et sa fille, et dans cette chambre, M. Weil. Les Gornick étaient à l'étage au-dessus, on y accède par ce petit escalier.

De leur chambre aujourd'hui désaffectée, il ne reste que des vieux papiers peints bleus avec des fleurs jaunes, décollés, un parquet défoncé. J'ai ouvert les fenêtres pour voir ce qu'ils voyaient, le matin en se réveillant : l'église, la place tranquille. Ce dénuement était pire que si la chambre avait encore été utilisée. Comme si, depuis leur arrestation, tout avait été abandonné.

— Alors, vous voyez, la porte au bout du couloir. Elle donne sur un escalier descendant vers une cour.

Et de là, une autre porte permet d'accéder à la maison d'à côté. M. Lévy et votre grand-père avaient la clé. Mais M. Gornick l'avait rendue. Il pensait que c'était inutile.

« Les Allemands sont arrivés à minuit. Ils ont fracturé la porte. J'ai été réveillé en sursaut, mon père a jeté son pistolet sur le haut de l'armoire et tout de suite prévenu M. Weil, M. Lévy et les Gornick. M. Lévy et sa fille se sont enfuis par l'escalier dans la cour et se sont réfugiés dans la maison d'à côté. Mon père, l'hôtelier, est descendu avec difficulté à cause des bris de verre. Les Allemands étaient trois, accompagnés de deux Français. Ils étaient armés de mitraillettes et de revolvers. Un car était arrêté devant l'hôtel. Ils sont montés au premier étage, M. Weil, plus âgé n'a pas voulu partir. Quant aux Gornick, ils n'ont pas pu tenter de se sauver. Pas le courage de fuir en pleine nuit ? Trop confiants dans l'avenir ? Pas le temps de descendre du deuxième étage, de courir dans le couloir et de descendre par l'escalier de derrière ? Ils ont été arrêtés, avec M. Weil.

« Les Allemands ont vu qu'il manquait deux Juifs. Le lit était encore chaud. Ils ont menotté mes parents, puis après discussion les ont relâchés. Ils sont partis très vite avec vos grands-parents et M. Weil. J'étais terrorisé. »

J'ai voulu savoir s'ils avaient été dénoncés et par qui. Le maire n'y croit pas.

— De toute façon, la gendarmerie passait régulièrement relever les fiches d'hôtel. Tout le monde savait qu'ils étaient là. Il suffisait d'un ordre administratif de Cahors et la Gestapo intervenait.

— Oui, mais il y avait deux Français ?

— Ce sont les Allemands qui dirigeaient l'opération.

La voisine, Marie-Antoinette Léon, a une interprétation différente. Les Gornick sont très présents. Elle les voit encore dans cette chambre, descendant l'escalier, jouant aux cartes le soir. Ma grand-mère Sipa, sur la table de la salle à manger écrit les cartes que j'ai retrouvées dans le classeur vert. Chaque jour, elle se rend à pied avec Tania et Bella, vers la poste, un peu plus haut, parlant de ma mère, bien sûr, et de la petite Catherine, « qu'on aimerait tant revoir » : « Tu te rends compte, elle va avoir quatre ans ! » J'entends chanter les accents russes. Et regarde la boîte à ouvrage en osier posée dans la chambre, les cheveux postiches posés sur la table de nuit.

— Non, le maire se trompe. C'est le bedeau et le chevrier qui les ont dénoncés. D'ailleurs, sinon, comment les Allemands auraient-ils su qu'il y avait une autre entrée, où ils sont allés, juste après que les Lévy sont partis ? Tout le monde les connaissait, ou les avait vus sortir de la Kommandantur à Cahors. Quand j'ai entendu tout ce bruit, cette nuit-là, je suis allée à la fenêtre, les Allemands et le car étaient là. Et ensuite, après leur départ, j'ai vu l'hôtelier, M. Cabanel père, marcher de long en large, toute la nuit. Jamais on n'aurait imaginé cela chez nous.

Chez Mme Léon, j'ai rencontré M. Iragne, résistant F.T.P.

Une belle figure, ce M. Iragne, âgé de plus de quatre-vingts ans, tout ridé, un œil très bleu et l'accent rocailleux. Parti en guerre à vingt ans, arrêté, envoyé en Allemagne. Deux tentatives d'évasion. Le cachot après la première. Il a réussi la deuxième fois, par la Hollande, la Belgique, puis la France. Aidé par des militaires français à régulariser sa situation, il était revenu en 1941 au village et avait tout de suite pris contact avec les maquis de résistance dans lesquels se trouvaient beaucoup de républicains espagnols.

Lui aussi connaissait très bien mon grand-père.

— Un monsieur de la ville, un monsieur très gentil, je le croisais souvent. Après l'arrestation, l'ordre a été donné d'aller chercher le bedeau et le chevrier. C'était trop dangereux. Ils pouvaient dénoncer tout le monde. Nous les avons pris et fusillés, à côté d'ici, sur la colline, dans le petit chemin, tu vois où c'est, Marie-Antoinette ?

Oui, elle voit très bien, Marie-Antoinette.

En les écoutant, je comprenais comme il est difficile d'admettre, quand on est maire, qu'il y a eu des délateurs dans sa commune, alors que les familles sont toujours là, et que rien n'est oublié. Comment admettre, quand on est résistant, que l'on a fusillé rapidement, même si, après la Libération, des procès ont eu lieu justifiant les exécutions sommaires ? Comment vivre, les générations se succédant, avec ces histoires si lourdes, sinon en les racontant chacun à sa façon ?

Personne ne voulait enterrer les fusillés. Le pharmacien préposé aux enterrements refusa. La crainte de la compromission, la révolte ? Nous étions en juin 1944. Mes grands-parents étaient déjà morts depuis deux mois. Le débarquement avait eu lieu, l'atmosphère se tendait partout. On ne connaissait pourtant pas encore l'existence des camps d'extermination.

Salviac était une bourgade très catholique, qui avait ouvert ses portes aux Juifs, il y en avait une bonne quinzaine dans la bourgade, à ce moment-là. On vivait modestement, pauvrement, même, mais on ne manquait de rien à la campagne.

Gourdon, c'était déjà la ville ; Cahors, une capitale ; Paris, un autre monde. A Salviac il n'y avait que deux voitures, celle du médecin et le taxi qui conduisait parfois mes grands-parents en promenade. Il y avait beaucoup de réfugiés espagnols, des républicains. On était patriote. Il se passait peu de choses, sauf quand la guerre fit irruption, comme ce 29 mars 1944 pour l'arrestation des Gornick, l'exécution des délateurs et, quelques mois plus tard, le suicide de M. F., celui-là même qui avait écrit à mon père, lui suggérant d'entreprendre des démarches à Vichy. Un brave homme peut-être, mais qui n'a pas supporté la défaite de Pétain, la victoire des Alliés et préféra mettre fin à ses jours en 1945.

Après l'arrestation, toute la famille s'éparpilla dans la nature. Les Allemands cherchaient des maquisards et la division Das Reich campa juste à côté, à Pont-Caral, et fit beaucoup de victimes, avant de remonter jusqu'à Oradour-sur-Glane où il se passa les événements que l'on sait, quelques semaines plus tard. D'un coup, la région plongeait dans l'horreur.

*
**

Je me suis longtemps promené avec ma cousine Elisabeth et mon fils Julien, marchant sur les mêmes pavés que ceux sur lesquels avaient déambulé mes grands-parents, en souliers vernis, abrités sous leurs ombrelles et leurs chapeaux bleus, dans l'attente de la fin de la guerre, espérant enfin se retrouver tous, comme autrefois, dans la villa Raymonde à Enghien ou rue de Paradis. Je suis allé voir la petite maison où habitaient ma tante Tania, ma tante Bella.

Julien posait mille questions, très pratiques.

— Il faut combien de temps pour descendre l'escalier et aller au bout du couloir ?

— Je ne sais pas, deux ou trois minutes, pas plus.

— Pourquoi l'hôtelier n'a-t-il pas retenu les Allemands en bas, le temps qu'ils descendent du deuxième étage ?

— Avec une mitraillette dans le dos, il a fait ce qu'il a pu. Et puis, ils avaient mal aux jambes, c'était difficile pour eux de se dépêcher. C'était la nuit, ils n'étaient pas habillés.

— Les autres y sont bien arrivés, pourquoi pas eux ?

Puis nous nous sommes rendus à la gare de Dégagnac où mon grand-père était allé remplir son devoir de citoyen déchu, réquisitionné par les services de police français pour prévenir les « attentats terroristes ».

Le soir tombait, la gare, en pleine campagne, sans aucune construction autour, était sans doute identique à celle que mon grand-père avait connue en mars 1943.

Jamais, Julien à mes côtés, je ne m'étais senti si proche de mes grands-parents.

Nous sommes restés longtemps, seuls, dans cette gare plongée dans la nuit.

13

L'enquête

De retour à Paris, je prends rendez-vous avec le directeur des Archives et du musée de la Préfecture de Police, Claude Charlot. Je veux en savoir davantage.

— Vous êtes nombreux, me dit-il, à effectuer ces démarches, depuis que le président Chirac a reconnu en 1995 la responsabilité de l'Etat français dans la déportation des Juifs. Je vous préviens, vous obtiendrez des résultats qui ne sont pas obligatoirement ceux auxquels vous croyez. La vérité est parfois douloureuse ou tout simplement banale.

Je prends note : écrire aux archives départementales du Lot, puisque mes grands-parents pouvaient avoir été fichés, comme Juifs, après l'envoi des lettres de mon père au préfet de police, et dans les registres de l'*Hôtel de l'Univers*. Ecrire aux Archives de la région, au siège de la Kommandatur de Toulouse, puisqu'il y avait un car, la nuit de l'arrestation, destiné à rassembler de nombreux Juifs, raflés ici et là, et conduits à la prison Saint-Michel. Saisir la direction des Archives de la gendarmerie, puisqu'ils avaient peut-être collaboré à l'opération.

J'apprends ainsi qu'à la suite des lois portant sur le statut des Juifs de 1940 et 1941, le gouvernement de Vichy avait fait mettre en place dans chaque préfecture, donc à Cahors et à Toulouse, un « service des affaires juives », chargé de suivre l'application des législations en question et un autre service chargé de réprimer et de sanctionner les atteintes aux lois discriminatoires. On devait donc trouver trace de mes grands-parents dans les services locaux.

J'écris ensuite au Centre de documentation juive contemporaine, qui a recueilli la comptabilité du camp de Drancy à partir de juillet 1943, puis aux Archives Nationales, qui conservent le fonds AJ38, dit fonds de l'Aryanisation, où sont consignés les dates des convois et tout ce qui concerne la spoliation.

— Pour donner suite à une demande de naturalisation, la police enquête et constitue un dossier. Cela a dû être fait pour vos grands-parents en 1925, comme d'ailleurs pour leur mariage en 1913, puisque, pour célébrer un mariage en France entre conjoints étrangers, une enquête de police est nécessaire. Je vais rechercher leur dossier. Votre grand-père était-il connu ?

— Comment cela ?

— Je veux dire, avait-il une responsabilité au Syndicat des fourreurs ? S'était-il fait remarquer, politiquement et publiquement ?

— Je n'en sais rien, je sais seulement qu'il était franc-maçon.

— Ah bon ! Je vais donc enquêter auprès des Renseignements généraux, il y a peut-être une fiche sur lui. Et ne manquez pas de consulter les archives des loges maçonniques. Elles sont revenues récemment en France, après un séjour en Allemagne et en Union soviétique.

Je reste un peu abasourdi par le nombre de services administratifs qui permettent de reconstituer l'histoire de chacun.

Peu à peu, je reçois des réponses. Et d'abord le rapport du « commissaire de Police à Cahors adressé au commissaire divisionnaire, chef du Service régional des renseignements de la région de Toulouse ». Le document datait du 13 juin 1945, c'était un rapport très détaillé des Renseignements généraux « au sujet des autorités allemandes ayant participé à l'occupation du département du Lot ».

Texte édifiant sur le climat de l'époque : on y voit des Allemands de la Gestapo ou de la Wehrmacht, aidés par des miliciens, des collaborateurs pour la plupart délinquants, escrocs, intéressés par les rapines, sévissant dans le département à la recherche des maquis de résistants et de ceux que l'on appelait « les réfractaires ». Les Juifs ne sont pas leur préoccupation principale. Le rapport indiquait que seule la ville de Cahors avait été occupée en permanence par les Allemands de novembre 1942 au 17 août 1944 et que c'était le siège d'un *Verbindungsstah* (état-major de liaison). Le commandant allemand, d'origine autrichienne et professeur de faculté, n'était pas à l'aise dans les tâches militaires. Selon le rapport, il n'avait pas laissé à Cahors de mauvais souvenirs, « mangeait seul avec sa femme, à l'*Hôtel des Ambassadeurs*, compréhensif et peu attaché au régime national-socialiste ». Le chef de la police, originaire de Hambourg, était plus vindicatif.

Selon le récit de la police, une « expédition » composée d'Allemands et d'un Français interprète « se dirigea vers Salviac, après s'être copieusement restauré au château, dans le but d'y appréhender des Juifs dont la présence était signalée par le milicien X, domicilié [dans une commune voisine]. Sur la route, ils arrêtèrent au hasard le nommé P. et un jeune homme ayant travaillé comme chauffeur à la Kommandatur qui circulaient à pied après 22 heures, heure du couvre-feu... A Salviac, ils firent une "descente" à l'*Hôtel de l'Univers*, où, sur les Juifs signalés, ils ne découvrirent que M. Weil, employé à l'électricité de la voie, Kornick et sa femme, fourreurs à Paris, qui furent emmenés ». (L'orthographe a été modifiée.)

« Le 29 mars 1944, les personnes arrêtées la veille et l'avant-veille furent interrogées par Z. L'interrogatoire, qui se ressentait des échecs successifs essuyés au château de Cayron, fut sévère et aucun des prisonniers ne fut libéré. » Suivent des indications sur des interrogatoires de résistants, la libération de l'un des suspects, l'envoi d'un autre au camp de travail en Allemagne ; quant aux autres, « ils furent envoyés également à Toulouse dans le même convoi que les trois Israéliens de Salviac ». (Le rapport indique bien « Israéliens », pas « Juifs » ou « Israélites »). Ils ne sont jamais nommés. Les résistants, oui. Les Israélites sont anonymes.

Je sais enfin ce qui s'est passé. Aucune trace des Gornick ne figurait sur les fichiers « d'Israélites » du département. Ils n'étaient pas fichés. Il s'agit donc d'une rafle survenant à un moment où les Allemands et les miliciens éprouvaient quelques difficultés dans le département et ont décidé, avec l'aide de Français jouant le rôle d'indicateurs, une expédition pour redorer leur blason et ne pas revenir bredouilles. Il fallait déployer une certaine activité et augmenter les statistiques policières. Au passage, à défaut de « réfractaires », arrêter les Juifs. Par malchance, ce furent mes grands-parents, trop ostensiblement installés dans l'auberge du village, imprudents, qui firent les frais de l'opération. Un hasard presque. S'ils s'étaient enfuis à temps, comme on leur avait suggéré et donné les moyens de le faire, on ne les aurait pas recherchés davantage.

Le Centre de documentation aux questions juives m'a fait parvenir des documents, les fiches d'état civil remplies par mon grand-père et ma grand-mère à leur arrivée à Drancy, le 17 avril 1944, un reçu administratif signé du chef de la police du camp, avec les numéros 20880 et 20881, pour le couple Gornick. *Reçu de M. Georges Gornick à Salviac, Lot, la somme de soixante-cinq mille six cents vingt-cinq francs, un bracelet massif en or, une chevalière homme en or, et un canif en or.* Signé du chef du camp de Drancy. A ces copies était joint un extrait de la liste des convois de déportation. Une liste alphabétique. Aux numéros 312 et 313 figurent leurs noms entre Eugénie Gorkin, numéro 311, née le 1er janvier 1903 et Moché Grinstein, numéro 314, né le 15 avril 1887. En face de leur numéro figure leur profession, en allemand, cette fois,

Ohne c'est-à-dire « sans » pour ma grand-mère, *Polzer* pour mon grand-père. « Fourreur », c'est vrai.

C'est le convoi numéro 72 qui a quitté Drancy le 29 avril 1944, à destination d'Auschwitz-Birkenau.

14

Réparer ou oublier ?

Réparer ? Comment réparer l'irréparable ?

Ma mère décide d'enfouir son passé dans les placards. A-t-elle le choix ? Comme tous les Juifs, en 1945, elle veut se fondre dans la masse de ceux qui ont souffert de la guerre, résistants, communistes, tous français et déportés, quelle qu'en soit la cause. Des Français comme les autres, victimes de la barbarie nazie, c'est la volonté des gouvernants, gaullistes, communistes, socialistes, mais surtout et aussi des Juifs, qui en ont assez d'être « des spécifiques ». S'intégrer, encore plus, s'intégrer surtout pour que cela ne recommence pas. Pas d'individualisation dans le malheur au risque de déformer la vérité.

L'administration fait de même avec une logique implacable. Dans les documents que je continue d'explorer, je retrouve des correspondances du *ministère des Prisonniers, Déportés et Réfugiés* et aussi du *ministère des Anciens Combattants et Victimes de guerre*. Que veulent dire ces intitulés ?

Certes mes grands-parents ont été tout cela, mais il manque l'essentiel. Tués parce que Juifs. Ni « combattants », ni « résistants ». « Victimes de guerre », oui. Mais peut-être pas exactement comme les autres.

Une série de documents a trait à l'impôt de Solidarité nationale, créé à la Libération pour aider à la reconstruction du pays. Cet impôt était assis sur une déclaration du patrimoine que mon père remplit scrupuleusement. Mais une longue correspondance l'a opposé au ministère des Finances, la maison d'Enghien n'ayant pas été déclarée puisque mes grands-parents en avaient été dépossédés en 1943. Le 17 mars 1949, l'inspecteur des Impôts lui écrit : « Vous m'avez fait savoir que vous refusez formellement de reconnaître avoir assis dans votre déclaration du patrimoine l'immeuble sis à Saint-Gratien, 132, avenue de Ceinture. J'ai l'honneur de vous faire connaître que vos arguments sont juridiquement sans fondements. Contrairement à ce que vous pensez l'immeuble en question est devenu la propriété de votre épouse, non à la date de la déclaration de succession, mais dès le décès de vos beaux-parents c'est-à-dire le 1er mai 1944... A défaut de réponse satisfaisante avant le 18 avril prochain, je serai dans l'obligation de prendre contre vous toutes mesures conservatoires, de nature à interrompre le cours de la prescription qui viendra à échéance le 4 mai 1949. »

En clair, cela signifiait que le fisc ne prenait pas en compte les événements survenus pendant la guerre, la spoliation et l'extermination. La maison était à mes grands-parents, ils étaient morts, peu importe comment, ma mère devait payer... A cela s'ajoutaient les impôts sur les revenus réclamés durant la guerre – acquittés jusqu'en 1943 ! – et les arriérés d'impôts réclamés à mes grands-parents à qui, par ailleurs, on interdisait d'exercer leur métier et dont les biens étaient confisqués ! S'agissant de l'impôt sur la Solidarité nationale, les agents du fisc sont sourds et aveugles : nous sommes en 1949. La guerre est finie depuis quatre ans, on sait tout sur les camps, mais cela n'a pas d'effet sur l'instruction fiscale... La procédure dura jusqu'en 1953 et la demande fut rejetée : il fallut s'acquitter de l'impôt pour Enghien et payer des pénalités de retard sur huit ans. Juridiquement exact. Politiquement et humainement insensé.

Quant aux indemnisations, c'est un écheveau complexe. Je lis beaucoup d'imprimés au titre de dommages de guerre, y compris une curieuse correspondance dans laquelle on suggéra à ma mère, pour tenter de trouver une solution, de demander une carte de déporté politique « pour vos parents déportés, ce qui vous donnerait droit, écrit-on, au pécule des déportés, lorsque la forclusion sera levée, ce qui ne saurait tarder. Pour l'instant vous ne pouvez prétendre à aucun droit sur les dommages de guerre ». Et le 8 mai 1950, une lettre du ministère des Finances, caisse de contrôle de l'impôt de Solidarité nationale, indique à mon père, que « par lettre du 3 mai courant du délégué départemental des services de la reconstruction à Versailles m'a renvoyé vos demandes d'imputation de dommages de guerre. En effet, vous ne remplissez pas les conditions requises pour pouvoir bénéficier de la législation sur les dommages de guerre.

« Dans ces conditions, je vous invite à verser à la caisse ci-dessus désignée, dans un délai de huit jours, la somme de 47 241 F majorée des intérêts de retard ».

Voilà qui est encore plus clair. Déporté politique, c'est une catégorie reconnue. Juif, non. Cela ne donne droit à rien, sinon à payer des impôts.

L'attitude collective est cohérente. La question juive n'a pas existé. Il y a eu la guerre, les camps d'extermination. Des résistants qui, avec le général de Gaulle, les Anglais et les Américains ont libéré le territoire. On ne parle pas dans les années cinquante – ou peu – des collaborateurs, sinon pour stigmatiser les brebis galeuses : Brasillach est fusillé, Pétain jugé et, dans les attendus du procès, il n'y a pratiquement rien sur sa responsabilité dans la déportation des Juifs. Les Bousquet, les Papon reprennent assez vite du service et sont recyclés par la IVe République. La France se reconstruit dans l'oubli de ces épisodes avec la complicité active – j'en suis le fruit – des « israélites » assimilés, tous d'accord pour ne pas se singulariser. Mieux vaut l'ignorance et l'oubli que l'identification, source de réparations peut-être, mais surtout d'ennuis sérieux présents ou à venir. L'éducation scolaire ou les circulaires administratives disent la même chose : « Circulez, il n'y a rien à voir. »

Et de fait, il faudra attendre longtemps pour que la question juive et la question des spoliations y afférente soient reconsidérées. Comme si durant le temps d'une génération, le silence s'était imposé pour ne considérer qu'en bloc les victimes de la guerre – et des camps.

C'est à peine si les Juifs sont mentionnés dans l'admirable film *Nuit et brouillard* d'Alain Resnais en 1954. Il faudra attendre le procès d'Eichmann en 1961 et surtout *Shoah* de Claude Lanzmann. Des deux côtés l'oubli. Et puis il y avait tant de complicité, d'attitudes indignes ou lâches... On commence à découvrir ce que fut l'épuration. Il reste, comme je m'en rends compte aujourd'hui en lisant ces correspondances fiscales, à établir ce qui se passa réellement dans les années d'après-guerre, les réseaux qui s'activaient. L'antisémitisme tu, mais toujours présent. Il aura fallu l'arrivée d'une nouvelle génération – la mienne – pour qu'à partir des années soixante-dix – je pense au livre de Paxton sur Vichy ou au film *Le Chagrin et la Pitié* – pour que l'on soulève un coin de voile. Mais ces attitudes incroyables, là, celles des années cinquante que je décris, ont-elles été examinées ?

Certes la République fédérale allemande décida d'indemniser les Juifs et, en 1971, une lettre adressée à ma mère par le Fonds social juif lui indique les démarches à suivre pour avoir droit à une indemnisation symbolique. Mais, en France, il a fallu attendre 1995 et la déclaration de Jacques Chirac sur la responsabilité de l'Etat français, à l'occasion du discours qu'il prononça pour l'anniversaire de la rafle du Vel' d'Hiv', pour que très prudemment les bouches commencent à s'ouvrir. Ce qui donnera lieu à la mise en place de la Commission pour l'indemnisation des victimes de spoliations intervenues du fait des législations antisémites en vigueur pendant l'occupation. Elle instruit actuellement des milliers de dossiers... Cinquante-quatre ans après les événements, j'ai rempli le questionnaire et repris les démarches entamées depuis près de soixante ans maintenant par ma mère, comme j'ai poursuivi la correspondance avec M. Jacques Fredj, directeur du

Centre de documentation aux questions juives, qui m'indique qu'enfin le nom de mes grands-parents sera gravé sur un mur « comme ceux de tous les Juifs déportés de France, qui sera inauguré le 25 janvier 2005, dans de nouveaux locaux ».

En 2005, pour la première fois en France, les noms de Georges et Sipa Gornick seront donc gravés officiellement et tout le monde pourra les lire, comme en Israël à Yad Vashem.

Je repense à ces conversations avec ma mère, auxquelles je ne prêtais pas toujours assez attention, dans lesquelles elle me disait sa douleur de ne pas avoir de lieu pour pleurer les siens. Ni tombe, ni cimetière, ni monuments aux morts comme ceux que l'on voit partout pour la guerre de 1914. On les moque parfois, ces vaillants poilus en fer, drapés fièrement devant une stèle où figurent les noms de ceux qui sont tombés dans chaque village pour la France. Je les ai souvent regardés distraitement. Je comprends aujourd'hui qu'il est important de pouvoir se recueillir devant un monument portant les noms des disparus.

— Tu vois, Maman, maintenant tu pourras reposer en paix.

15

Rue de Paradis

Tous les dimanches, nous rendons visite à mes grands-parents Clément, rue de Paradis. Nous sommes bien habillés, mon père, ma mère, ma sœur et moi. Il y a là oncles et tantes, les grands-oncles Charles et François, des cousins et filleuls de ma grand-mère.

J'ai cinq ou six ans. Avec mes cousins, nous courons dans l'appartement, nous nous cachons dans les cagibis, jouant comme nous pouvons pour ne pas déranger les grandes personnes. L'appartement est grand. Les pièces de réception, les chambres donnent sur la rue. La salle à manger, la cuisine sur la cour intérieure. De temps à autre, je me heurte à Suzanne, ou je vais la voir dans la cuisine. Suzanne, c'est elle qui avait servi avec Victor son mari, chez les Gornick, dans les années d'avant-guerre. Ce sont eux qui envoyaient ces malles d'affaires à Salviac – les chapeaux, les ombrelles. Eux qui essayèrent de faire passer des colis à mon grand-père à la prison de Cahors, puis à Toulouse. Eux à qui mon grand-père avait écrit pour qu'on lui envoie un paquet à Drancy. Victor est mort. Suzanne travaille désormais chez mes grands-parents paternels, les Clément. A cet âge, je ne sais pas qu'elle vivait avant la guerre dans ce même appartement, chez les Gornick. Suzanne, dans mon souvenir d'enfant, était liée à la rue de Paradis où habitaient les Clément.

Elle est petite, tout en rondeurs successives, comme une poupée russe, d'autant qu'un goitre lui ajoute une rondeur supplémentaire. Elle me prend à part et, en pleurant – elle a la larme facile –, me parle de mes grands-parents, les Gornick.

— Ils étaient si gentils.

Je suis gêné, je ne sais pas très bien quoi lui dire. « Pourquoi, pensais-je, les Clément ne sont pas gentils ? Et de qui parle-t-elle à l'imparfait ? »

— C'est affreux ce qui est arrivé, me chuchote-t-elle.

Et la façon dont elle me prend à part me laisse soupçonner la vérité même si je ne sais pas à quoi elle fait allusion. Si je pose une question, elle redouble de larmes, ses épaules se soulèvent dans de grands hoquets.

De temps à autre, Suzanne me parle de la Babouchka, car elle l'aimait bien, malgré cette fâcheuse manie des coups de baguette. Elle a fait tout ce qu'elle a pu pour lui fournir des œufs en 1942-1943. Je ne sais pas, enfant, qui est cette autre arrière-grand-mère au nom qui sonne si différemment de ceux que j'entends autour de moi.

— Vous voyez, Monsieur Jérôme, vos grands-parents Gornick, je les aimais beaucoup. Ils auraient été tellement contents de vous voir. Et elle recommence à sangloter de tout son corps et devient toute rouge.

Elle rajoute au malaise que je ressens de ces mystères et de ces choses cachées. Qui sont donc ces grands-parents qui habitaient ici, puisque les vrais, les Clément, sont là ? J'ai cru un certain temps qu'ils avaient tous partagé l'appartement, je me racontais des histoires sur leurs voyages, l'alternance de leurs séjours. Mais les autres ne revenaient jamais. Ils n'étaient plus là. Et, quand je pose des questions, on me répond souvent : « Allez, va jouer » ou « On t'expliquera plus tard. »

Plus tard, toujours plus tard, quand je serai grand. J'ai envie d'être grand, de comprendre, de savoir. Mais comment m'y prendre pour les faire parler, se parler, me parler ?

Pourtant je les vois bavarder, prendre des nouvelles des uns ou des autres, commenter l'actualité, échanger des informations. Mais ils ne parlent jamais de ce qui m'importe et me préoccupe. Et ne répondent pas à mes questions. Une famille où on ne discute pas de ce qui compte vraiment. Ah certes, cela évite les disputes, et encore, pas toujours ! Les choses se règlent autrement. Par conciliabules discrets, le plus souvent entre femmes qui confrontent entre elles ce que pensent les hommes qui, eux, ne parlent jamais. Ou alors, enfermés dans le bureau de mon grand-père, Louis Clément, sous le grand tableau représentant le combat des Horaces et des Curiaces, noyés dans la fumée, ils se font servir le café et parlent affaires. Et surtout ne parlent pas aux enfants « qui sont faits pour être vus et non pas entendus ». Nous, les trois cousins, habillés pareillement chaque année par ma grand-mère à *Old England*, vieux magasin anglais du boulevard des

Capucines. C'est un rituel auquel nous n'échappons pas. Manteaux, culottes courtes ou pantalons de golf, veste bleu marine et col marin, nous sommes parés pour l'hiver et les dimanches rue de Paradis. Le jeudi, une fois par mois, nous nous retrouvons dans la loge de la Comédie-Française. Le mercredi, au catéchisme et le dimanche à la messe. Tout est parfait.

Rue de Paradis, Suzanne est la seule à me parler de la famille de ma mère. J'ai enfin compris qu'elle avait habité là.

— Mais alors Suzanne, où était sa chambre ?

— Dans la pièce du fond, celle qui sert de débarras maintenant. Celle où vous jouez.

— Et la chambre de mes grands-parents Gornick ?

— C'est celle où dorment actuellement Monsieur et Madame.

Au fur et à mesure des dimanches, Suzanne s'enhardit davantage et me raconte certains détails sur sa vie, rue de Paradis, mais peu sur l'histoire familiale, sujet tabou. Comme, chez moi, Lucienne, ma nourrice, qui cherchait à me protéger en justifiant le comportement de plus en plus étrange de mon père. C'est dans les cuisines que l'on cherche à deviner les secrets. Sur les genoux des gouvernantes.

— Mais pourquoi il couche dans son bureau Papa, maintenant ?

— Il a le sommeil léger, il faut qu'il dorme bien pour se reposer.

Cet appartement où je joue tous les dimanches, celui de mes grands-parents Gornick, est loué depuis 1924 à la famille Laurent qui possède tout l'immeuble. Mes grands-parents maternels l'ont quitté en 1942 pour se réfugier à Salviac. Et après la guerre, après la disparition de mes grands-parents maternels, ce sont les autres, mes grands-parents paternels, les Clément, qui se sont installés au 34, rue de Paradis. Ils ont quitté leur maison de la rue de Baudreuil à Meudon pour se rapprocher de l'usine de mon grand-père située à Pantin. C'est plus pratique. C'est d'ailleurs pour travailler près de leur domicile que les Gornick avaient choisi la rue de Paradis, ils allaient à pied rue du Faubourg-Poissonnière, à leur magasin de fourrures.

Pourquoi et comment cela s'est-il passé ? Y avait-il encore des meubles ? Comment ma mère a-t-elle pu l'envisager, l'accepter, le proposer peut-être ? Apparemment, cette substitution de grands-parents ne gêne personne. En un an, l'affaire est réglée. Rondement.

Suzanne est restée. La loi du silence règne dans la famille, tout le monde fait comme si. Comme si mes parents étaient un couple uni, comme si mes grands-parents paternels avaient déménagé naturellement.

D'ailleurs, il n'y a pas de problème, je suis un petit garçon catholique et français qui va rendre visite, avec son papa et sa maman, à son grand-père et à sa grand-mère, après la messe, le dimanche.

— Il était comment, mon grand-père Gornick ? dis-je, après avoir enfin compris.

— Ah, c'est un grand malheur ! Elle est si gentille, votre maman. Il faut bien l'aimer, Monsieur Jérôme, me répète Suzanne.

Je n'ai pas besoin qu'elle me le dise.

— Alors, Suzanne, où êtes-vous donc ? Vous n'entendez pas que je vous appelle ?

— J'arrive, Madame.

Et Suzanne repart en m'embrassant.

Dans cet appartement, beaucoup de photographies ont été prises, sur un canapé d'époque Empire, un peu dur, recouvert d'une tapisserie rouge et situé au bout du couloir. On y voit mon père et son père, assis solennellement l'un à côté de l'autre. Et, sur une autre, les trois sœurs Lemy, dont ma grand-mère paternelle, Yvonne, assise à côté de ses deux sœurs, Alice et Jeanne. Trois sœurs Levitsky d'un côté, trois sœurs Lemy de l'autre. Mes tantes Tania et Bella ne sont plus jamais retournées rue de Paradis.

Et sur une photo de l'époque, sur ce même canapé, on voit ma mère avec ma grand-mère paternelle, Yvonne, sa mère mon arrière-grand-mère Lemy, et puis mes cousins, ma sœur et moi. Ma mère regarde le photographe d'un air si triste que j'en suis encore bouleversé quand je tiens le cliché entre mes mains.

Comment a-t-elle pu retourner là, chaque semaine dans cet appartement où elle avait vécu avec ses parents ? Comment pouvait-elle prendre le thé en mangeant des gâteaux dans la pièce même où elle avait, comme moi maintenant, couru des genoux des uns – les Gornick – aux bras des autres – les Levitsky –, voir les chambres, les bureaux, et ne pas hurler ? Comment ont-ils pu, tous, accepter tout cela comme si c'était la chose la plus naturelle du monde ?

Le dimanche soir, de retour chez nous, nous téléphonions pour remercier. Nous avions passé une très bonne journée. Taitbout 50 38. Je n'ai pas oublié ce numéro de téléphone.

Il me revient que ma sœur avait, il y a longtemps, engagé une thèse sur « le paradis perdu ».

16

Un déjeuner au Ritz

Les cendriers de l'appartement de ma mère : *La Mamounia* à Marrakech, le *Negresco* à Nice, le *Ritz* à Paris... Est-ce le souvenir des palaces qu'elle fréquentait avec son père ? Pour ses quatre-vingt-un ans, ma mère avait manifesté exceptionnellement un désir précis. Comme chaque année, je lui demandais ce qu'elle souhaitait pour son anniversaire. En général, elle me répondait : « Rien », me laissant le soin de trouver moi-même l'idée qui la surprendrait et lui ferait plaisir. D'ordinaire, j'y réussissais assez bien. L'idée de rechercher un cadeau traînait dans ma tête une bonne partie de l'année, et, au hasard des promenades, j'avais l'œil attentif à repérer ce qui pourrait la toucher.

Il m'arrivait donc d'acheter en juin ce qui lui serait offert en janvier. Affaire de circonstances. Ainsi, dans une brocante du XIVe arrondissement, je m'étais laissé séduire par un couple destiné naturellement à sa collection de netsukes. Il s'agissait d'un homme et d'une femme dans leurs ébats amoureux, et dont la posture ne pouvait prêter à la moindre ambiguïté. La virilité d'ivoire du personnage masculin, autour de laquelle s'organisait l'action du couple, témoignait de l'intention appuyée de l'artiste. Ce fut un des derniers cadeaux que je lui offris. Il l'avait beaucoup amusée.

Mais je ne manquais jamais de lui poser la question, plus par habitude que pour entendre une réponse, dont je savais qu'elle serait vague et sans indication précise. Elle avait d'ailleurs assez peu d'imagination pour les cadeaux et, lorsque nous cherchions un présent à offrir à l'occasion d'un mariage, ou d'une circonstance un peu solennelle, elle répondait invariablement : « Une belle litho... », d'une voix traînante, ce qui avait le don de m'agacer et de m'amuser à la fois.

Cette année-là fut différente. A la question rituelle, elle répondit d'un air décidé :

— Je veux que tu m'emmènes déjeuner au *Ritz*...

Devant mon étonnement, elle me regarda d'un air entêté. « Je veux aller au *Ritz* », répétait-elle avec obstination.

— Et pourquoi le *Ritz* ?, demandais-je.

— Parce que j'en ai envie. Je n'y suis jamais allée. Je veux m'y rendre avec toi.

Bon.

Rendez-vous fut pris et, en grande pompe, je passais la chercher pour le déjeuner promis. C'était toute une affaire. Elle s'était faite belle. Chapeau, maquillage, broche et bijoux déployés, elle marchait fièrement à mon bras. « Ne va pas trop vite, cela m'essouffle. » En arpentant le tapis bleu sur le trottoir de la place Vendôme, nous prenions notre temps pour savourer chaque instant, répondant au salut des maîtres d'hôtel, admirant les vitrines du couloir principal, hésitant entre plusieurs places qui nous étaient proposées. Finalement, nous nous assîmes à une table qui permettait d'embrasser du regard toute la salle à manger, d'observer les nouveaux arrivants, les déplacements des serveurs, et de saisir, avec un peu de chance, des bribes de conversation en jouissant pleinement du spectacle.

Le maître d'hôtel arrive. Elle le regarde de haut, comme elle faisait parfois, presque altière et ironique, demandant « de la flotte » d'une voix péremptoire et forte, heureuse de voir à la fois mon air gêné et la mimique réprobatrice de notre serveur.

— Ben quoi ? Qu'est-ce qu'il y a ? me demande-t-elle aussitôt, voyant qu'elle a réussi son effet.

— Ecoute maman, ce n'est pas la peine de me demander de t'emmener au *Ritz* si c'est pour te conduire comme à la cantine de l'école !

Je suis tellement gêné, je jette des coups d'œil furtifs autour de moi pour vérifier que je ne connais personne. « Ma mère me fait honte », pensais-je. Et immédiatement après, j'ai honte d'avoir eu honte, ce qui ajoute à ma confusion.

— Tu crois que ça n'a pas plu au loufiat ? demande-t-elle, insistante, ravie d'en rajouter un peu, et de montrer, de façon éclatante, par cette touche supplémentaire de vulgarité, qu'au fond, tout cela, ce décorum et ces homards hors de prix lui sont parfaitement indifférents. Je pars donc d'un grand éclat de rire. Le monde extérieur n'existe plus. Un caprice de vieille dame, avais-je sottement cru. C'était plus subtil. Choisir ce qu'il y avait de plus cher, de plus luxueux et le tourner en dérision, quelle jolie leçon de fin de vie ! Et quelle preuve d'amour, puisque rien n'est plus beau que notre amour, quel qu'en soit le cadre... qui, au fond, ne compte pas.

17

L'armoire à pharmacie

Une vieille bouteille d'éther, éventée, étiquetée « Pharmacie Gornick-Clément ». Vider l'armoire à pharmacie de l'appartement de ma mère, c'est rentrer au cœur de sa vie personnelle et professionnelle.

Vers 19 h 30, je savais que ma mère se préparait à fermer boutique. Mes devoirs étaient finis et je devais avoir « fait mon piano ». J'attendais ce moment avec impatience. Dans la pénombre, je descendais l'escalier très raide qui conduisait de l'appartement à la pharmacie. Ma mère m'attendait, bavardant avec une cliente, assise dans l'un des deux fauteuils en plastique rouge situés de part et d'autre de la balance. Je m'attardais un moment pour sentir cette odeur bien caractéristique, d'autant qu'il y avait là une paillasse destinée aux examens sommaires, avec une batterie d'éprouvettes, un bec benzène et des fioles transparentes qui laissaient voir des liquides bleus, verts, jaunes. Des tiroirs mystérieux, innombrables, dont les étiquettes me transportaient ailleurs, dans un univers aux noms étranges. Des bocaux de couleurs, aux couvercles dorés, et, bien alignés sur le dessus des armoires, des pots blancs sur lesquels figuraient des mots latins. C'était magique.

— Tu viens, mon chéri ?

Ma mère m'avait entendu, m'appelait, craignant que je ne sois tombé dans l'escalier.

J'arrivais heureux, je demandais si la recette avait été bonne.

Elle portait une blouse en nylon blanc et avait la fâcheuse manie de mettre dans ses poches des stylos Bic de couleur bleue qui laissaient des traits partant dans toutes les directions.

C'était l'heure où le visiteur du soir entrait furtivement. Un pauvre monsieur fatigué et portant sur son visage la tristesse de son état de dépendance. Il venait chercher sa bouteille d'éther, parfois son élixir parégorique, bavardait avec ma mère qui lui prodiguait des paroles apaisantes et s'enquérait de sa santé. Elle l'aimait bien, prenait soin de lui ; m'expliquant qu'il n'y avait rien à faire, que tout avait été tenté pour le tirer de là, qu'il valait mieux, à tout prendre, qu'il reste sous son contrôle et qu'elle agisse en liaison avec son médecin. Il repartait aussi discrètement qu'il était venu. Sa détresse m'a, je crois, totalement prévenu contre ce type d'addiction.

Mais il y en avait tant d'autres ! La bonne santé était un état précaire, miraculeux et que menaçait de graves dangers. Il fallait donc en permanence se prémunir contre un monde hostile dans lequel des armées de microbes, virus et autres agents malfaisants guettaient la moindre faiblesse pour partir à l'assaut.

« Tu vois, je te l'avais bien dit », entendais-je régulièrement en cas de mal de gorge, de rhume ou de fièvre.

Je vivais dans l'angoisse constante des hivers qui apportaient, avec le refroidissement et la pluie, angines et grippes, et dans l'appréhension des étés à cause des fortes chaleurs qui pouvaient entraîner insolations, déshydratations et accidents.

On me prescrivait fortifiants, sirops, pastilles, suppositoires, inhalations, sans compter les cataplasmes qui me mettaient la poitrine en feu, avant que ma mère ne se décide à venir me tapoter la poitrine pour en atténuer la brûlure. « Ça te fait du bien, mon chéri », me disait-elle, avouant qu'elle avait fait semblant de ne pas trouver le talc pour laisser agir les effets chauffants du cataplasme à la moutarde, sortes d'enveloppes blanches de grande taille, qu'on trempait dans l'eau chaude quelques minutes pour les imbiber et accroître leur pouvoir révulsif. Appliqués fortement sur la poitrine et tenus par un linge bien serré, ils libéraient une forte chaleur et une sensation de brûlure censée dégager les bronches.

J'en garde un souvenir horrible. Presque autant que les cigarettes à l'eucalyptus dont je devais aspirer la fumée la nuit, lors des crises d'asthme, qui me saisirent assez jeune. Je ne connais rien de plus angoissant que de se réveiller la nuit en étouffant, pris de panique dans l'obscurité, aux prises avec des restes de sommeil, de rêves ou de cauchemars, alors que l'on cherche en vain une respiration impossible à trouver. Ma mère arrivait en courant et, faute d'autre soin, à l'époque, me soufflait à 3 heures du matin la fumée dans la bouche. Ce geste insolite était censé m'apporter un soulagement et m'aider à retrouver, avec mon calme, une respiration normale. Chaque fois, je croyais que j'allais mourir.

La mort, je l'ai redoutée très jeune dans ces crises d'asthme nocturne. Elles ont disparu quand l'eczéma est apparu. Démangeaisons terribles qui martyrisaient mes avant-bras et mon front. Pour éviter que je me gratte, ce qui avait pour effet d'accroître la vivacité des plaies, on me bandait les mains avec des Velpeau, et je ressemblais, tout du moins par les extrémités, à une momie. Des compresses d'eau de Dalibour sur le front, les mains emmaillotées, je devais m'endormir après avoir fait ma prière. On tenta des injections de sang maternel censées me guérir de cette nouvelle plaie. Sans aucun succès.

Je n'ai jamais su ce qui avait décidé ma mère à engager des études de pharmacie. Aucun antécédent familial en Russie, sauf l'oncle lointain de Tbilissi. Pas de dons particuliers pour les sciences. Peut-être l'idée du commerce – auquel elle était familiarisée par le magasin paternel – et une volonté farouche de réaliser des études sérieuses qui lui offriraient la possibilité d'obtenir un diplôme universitaire.

C'était une bonne idée qui lui apporta ce qu'elle désirait : un mari, des amitiés solides, une insertion professionnelle et sociale. Devenue très hypocondriaque après la guerre, ma mère trouva dans l'officine matière à s'épanouir et créa chez moi un sentiment de dépendance à l'égard des médicaments dont j'ai mis beaucoup d'années à me délivrer et qui revient, comme un symptôme, lorsque je crois avoir des raisons de m'angoisser.

Son poids était également un grand sujet de préoccupations. J'ai retrouvé dans les papiers de ma mère tous ses relevés, elle se pesait régulièrement et notait tout : « mars 1961 : 55,800 kg ; 7 avril 1961 : 55,300 kg », etc., conservés précieusement. Dès que je ne manifestais pas un appétit féroce, l'inquiétude se lisait sur son visage. Manger était une lutte de chaque instant, car ne pas terminer son assiette était de son point de vue le signe avant-coureur d'un dépérissement certain.

Je vivais avec un thermomètre sur la table de nuit, utilisé quasiment chaque jour pour vérifier, à un dixième de degré près, que rien ne menaçait. Le péril venait de partout. C'est pourquoi j'ai largement contribué à vider la pharmacie. « Il faut liquider les stocks », me disait d'ailleurs Maman, obstinée, quand je renâclais à avaler une troisième cuiller d'huile de foie de morue, censée me donner des forces, après avoir ingurgité un sirop pour la gorge. Celui qui n'a pas avalé une cuiller d'huile de foie de morue le matin au petit déjeuner, avant son café au lait, ne peut pas savoir ce que signifie être fils de pharmacien.

J'ai mis des années avant de comprendre que l'on pouvait vivre sans être en permanence bourré d'adjuvants de toutes sortes permettant de lutter contre les innombrables menaces extérieures. Mais cela me paraissait tellement naturel que je ne partais jamais en voyage sans une valise de médicaments « au cas où ». Dans la journée, j'emportais soigneusement ma boîte de pastilles Pull Moll pour dégager le nez. Pendant les vacances d'été, avec ma mère, nous jouions à nous prendre le pouls et à en étudier les variations selon nos activités, réduites au demeurant car elle ne pratiquait aucun sport. A l'automne, en prévision de l'hiver, je buvais, chaque matin, une ampoule de fortifiant à base de magnésium, et, au printemps, j'emportais dans ma poche des petites boîtes de pilules homéopathiques destinées à prévenir les grippes et autres coryzas. Je consultais le médecin au moindre refroidissement, gardais le lit au premier éternuement, vivais avec des cache-nez et des écharpes, étais dispensé de gymnastique – trop dangereux. Ce qui me valut d'être incapable de passer l'épreuve de course du baccalauréat, courir 1 000 mètres, idée saugrenue. Par malchance, j'avais les amygdales fragiles et étais donc sujet aux angines. Qu'à cela ne tienne, on me badigeonnait le fond de la gorge au bleu de méthylène, ce qui provoquait nausées et hauts-le-cœur avant que l'on ne se décide enfin à m'opérer. Je passais des radios pour vérifier que mes reins fonctionnaient parfaitement.

Evidemment, à force de m'examiner, de me soigner, on finissait toujours par me trouver quelque chose. Je connaissais tous les produits pharmaceutiques, pratiquais prise de sang et analyses d'urine comme d'autres des abdominaux. Une fois, on décela la présence d'albumine. Une injection d'iode provoqua un œdème de Quincke. Je gonflai comme une baudruche pendant vingt-quatre heures. Une crise d'appendicite fut une affaire d'Etat et l'opération mobilisa tout l'hôpital. La lecture du *Vidal* m'était devenue familière, je le consultais aussi souvent que le dictionnaire. Comme cet ami, hypocondriaque, qui, chaque semaine, passe voir son pharmacien en lui demandant : « Quelles sont les nouveautés cette semaine ? »

Survivre, dans ces conditions, est un exploit dont je ne suis pas peu fier.

18

Les commissaires-priseurs

Aujourd'hui, seul, j'attends le commissaire-priseur. Ma décision est prise, je dois vider l'appartement. Ce n'est pas le plus facile. Quand il arrive, je dois pourtant lui demander de pénétrer dans l'intimité de la chambre de ma mère et de Marcel, de leur salon, de ce qu'ils ont aimé. Du temps accumulé. Dévoiler, à travers ces objets, une affection diffuse, une histoire, celle d'une vie, de plusieurs vies.

Le commissaire-priseur sait tout cela. C'est un homme jeune, aimable, sensible, courtois, très conscient de ce qu'il entreprend, habitué à ce genre de situation. Discret et délicat. Mais il est là pour travailler, pas pour s'épancher. Je suis méfiant, un peu gêné. Je n'ai pas le choix. Nous devons commencer. Il demande s'il peut faire le tour de l'appartement pour se faire une idée. C'est une première visite.

Au téléphone, je lui ai parlé d'un tableau de Joseph Vernet, peintre connu, apprécié sur le marché de l'art. C'est un paysage, un coucher du soleil près d'une rivière, avec un pâtre au premier plan. Le commissaire-priseur jette un coup d'œil rapide dans l'entrée.

— Voyons, le Vernet ? J'ai hâte de voir cela. Ce ne serait pas la première fois que je découvre un trésor caché dans une succession. Dans quelles conditions Mme votre mère a-t-elle acquis ce tableau ?

— Je ne sais pas. Non vraiment, je ne sais pas.

Je ne me suis jamais autant intéressé à ce tableau. Mon regard glissait dessus sans le voir. Nous avançons dans le salon, mon cœur bat la chamade. A trois mètres du tableau, le commissaire-priseur m'assène :

— Ce n'est pas un Vernet. Il n'y a aucun doute, hélas pour vous. Regardez, la lumière est faible, les personnages maladroits. La composition est sympathique, certes, et le travail bien fait, mais non ce n'est pas un Vernet.

Je suis déçu.

— Voilà, me dit-il, comment on passe de quelques centaines de milliers d'euros à quelques centaines.

C'est bien elle, ça. Laisser le nom de Vernet bien visible, sur un tableau qui n'est pas de lui. Le commissaire-priseur, en revanche, s'attarde sur un projet d'éventail encadré.

— Ça, c'est bien. Savez-vous d'où il vient ?

Je n'en sais rien du tout. Mais je me sens ragaillardi. Avec ce regard étranger, le mien change peu à peu. Je vois des sources de gain possibles derrière chaque coucher de soleil et chaque personnage.

— Tu vois, je te l'avais bien dit, me rappelle ma mère à l'oreille, tu vas gagner des sous.

Ma mauvaise conscience s'envole. Je comprends maintenant que, dans la pharmacie, ce qui plaisait à maman, ce n'étaient pas seulement les médicaments, malgré sa hantise de la maladie, mais le commerce. Converser, acheter, vendre de quoi soigner les clients. Parler avec eux de leur santé, les conseiller, et aussi en tirer profit. L'expert me rappelle à l'ordre :

— Hum, hum ! Pardonnez-moi de vous arracher à vos rêveries, mais celui-ci, d'où vient-il ?

Chaque tableau est regardé, examiné, évalué. Faux, le tableau de Boudin, installé depuis toujours dans la chambre de Maman. Il représente une plage du Nord ou de Normandie avec des femmes en crinoline conversant devant des cabines de bain.

— Regardez, il n'y a pas cette lumière caractéristique de Boudin, ni ses détails, si fins et si élégants.

Décidément, pas de chance.

Vrai tout de même, ce Morales, peintre catalan, un joli tableau représentant une femme habillée fin de siècle, éplorée, une lettre à la main.

— Il est beau, me dit-il, mais le sujet n'est pas très vendeur. Vous auriez envie, vous, de voir constamment, dans votre chambre, une femme pleurer, un courrier de rupture à la main ?

Je n'y avais pas pensé. Nous regardions souvent ce tableau, ma mère et moi. Elle l'aimait beaucoup, moi aussi. Je n'avais vu qu'une belle femme, en robe d'intérieur, se cachant les yeux dans la main. Maman y voyait-elle l'image de sa propre douleur ? Je trouvais le tableau élégant, façon Manet, très bien fait. Je n'avais pas pensé que le sujet n'était pas « vendeur ».

Quant à la commode Louis XV, authentique, en marqueterie d'acajou, c'était la fierté de ma mère. Ce meuble l'avait accompagnée partout, et elle en parlait toujours avec beaucoup de déférence. Cadeau de son père pour son mariage ? En tout cas, chez elle depuis toujours. La commode, pour cette raison, a une valeur considérable. Je l'imaginais à Versailles...

— Oui, oui, elle n'est pas mal, cette commode, dit-il d'un air poli.

Toutefois, jetant un regard attentif aux côtés :

— Mais elle est abîmée. Il y a beaucoup de restauration. Et les serrures ne sont pas d'époque. C'est un rajout du XIXe. Il faudra regarder de plus près. Et puis, ces meubles se vendent mal en ce moment. Il y a dix ans, cela aurait été plus intéressant, mais aujourd'hui, ce n'est plus la mode.

Le commissaire-priseur fait le tour et m'indique qu'une vente lui paraît possible ; il faut pour cela procéder à un inventaire détaillé qu'il se propose de conduire avec l'aide d'experts spécialisés. Un pour les meubles et les objets, un autre pour les peintures antérieures au XIXe siècle, un troisième pour les dessins, un quatrième pour les bijoux, un, enfin, pour ce qui touche à l'Extrême-Orient. Je suis un peu effaré par ce dispositif, qui me paraît bien lourd pour un appartement somme toute assez petit, quatre pièces.

— Oui, me dit-il, mais il y a beaucoup de choses et, quand nous aurons fini l'inventaire, il faudra me dire ce que vous souhaitez vendre ou garder.

Cette fois-ci, je suis au pied du mur. Pris à mon propre piège. Cela paraît tout simple, mais, s'agissant de meubles et objets de ma mère, c'est compliqué. Vendre ou conserver ? Donner ou jeter ?

Des événements imprévus font se régler une partie de ces questions d'elles-mêmes. La femme de ménage à leur service depuis quinze ans m'avait alerté, dans les premiers jours qui suivirent le décès de mon beau-père. Plusieurs tableaux manquaient. Je ne pouvais le croire, supposant qu'ils avaient été déplacés. Dans le désordre entraîné par la maladie de Marcel, j'avais d'autres soucis que de vérifier la place des toiles. Après des recherches infructueuses, je dus me rendre à l'évidence. Il y avait eu vol : un portrait hollandais, représentant un rabbin, une aquarelle de Jongkind et, surtout, un ravissant dessin d'une jeune fille et de son chat, acheté à Foujita, par ma mère à Montparnasse. C'est l'un de ses tableaux auquel elle tenait le plus et je l'avais toujours vu près d'elle. Naturellement, personne ne savait rien, ni les garde-malades, ni le personnel médical, ni la femme de ménage qui m'avait alerté, poussant des cris indignés à l'idée que l'on puisse avoir le moindre soupçon sur leur honnêteté. En revanche, chacun était très prompt à accuser l'autre. Une seule certitude, profitant de la maladie de mon beau-père et d'un va-et-vient incontrôlable, plusieurs larcins avaient été commis. J'appris d'ailleurs qu'ils ne se limitaient pas aux tableaux. D'autres objets avaient également disparu : un grand plateau en argent ayant appartenu à mes grands-parents, des nappes. Que faire ? La police refusa d'enregistrer ma plainte :

— Qui vous dit que les tableaux n'ont pas été donnés par votre beau-père juste avant sa mort ?

Un avocat, consulté, me mit en garde : les tribunaux m'engageraient dans des procédures coûteuses et aléatoires. Après plusieurs tentatives pour tenter d'identifier les voleurs, je dus me résoudre à constater que je ne pouvais rien faire. J'étais indigné, blessé. Ceux à qui j'en parlais me racontaient tous des histoires analogues. A croire que c'est une loi naturelle d'être dépouillé par des proches quand on est vieux et agonisant. Une sorte de tribut que l'on paye à la société, une fatalité aggravée par la proximité de la mort. Pendant plusieurs semaines, dès que j'apercevais un crochet X sur un mur, je me demandais ce qui y avait été accroché. Ce n'est pas tant le regret de la perte, c'est surtout l'impossibilité d'accepter que quelqu'un ait pu ainsi détruire l'ordre maternel et porter atteinte au Mémorial.

Quelques jours après la visite du commissaire-priseur, j'accueille les experts. L'appartement est disséqué dans les moindres recoins. Ils sont à l'affût et curieux, espérant une découverte spectaculaire. Je passe de l'un à l'autre, terrifié de les voir soupeser, jauger, évaluer, noter, commenter. Cela me donne le tournis d'entendre : « Un chandelier en argent anglais sans date, époque XIXe » ; « Une pendule XVIIIe avec un cheval mais portant une sphère, mal restaurée au XIXe. »

Il en résulte un inventaire détaillé de cinq pages établi avec un prix d'évaluation pour chaque objet. On change de registre. Comme en amour ?

Dans le même classeur vert, dont j'ai parlé plus haut, j'ai retrouvé, consterné, de nombreuses lettres d'avocat et des correspondances, hélas édifiantes, sur les négociations financières ayant finalement abouti au divorce de mes parents. Ce fut une épreuve, même si les morts sont enterrés depuis longtemps. Le classeur vert était à côté de la pochette rouge qui contient les lettres des jeunes fiancés, de 1935 à 1937... Ma mère voulait à tout prix obtenir la garde de ses deux enfants. A tout prix... Mon père lui fait payer cher ses revendications de mère. L'argent serait-il un passage inévitable quand se crispent les relations affectives ? Et, si je vends tout, est-ce aussi pour me délivrer de cet amour maternel ? Seule la collection de timbres, constituée avec elle, a été religieusement conservée.

Le travail continue. Les spécialistes s'attardent et s'extasient sur deux petites peintures à l'huile représentant des couchers de soleil sur fond de décor antique, auxquels je n'avais prêté qu'une attention limitée. Ils passent rapidement devant ce qui me semblait primordial. Je les observe, je m'habitue et me rends compte à quel point avoir vu ainsi accrocher, puis disparaître, les tableaux des murs, au gré de la fantaisie de ma mère, m'a donné le goût de la peinture, et celui du commerce de l'art ; en tout cas une grande curiosité pour des artistes très variés puisque, collectionneuse, ma mère achetait tout, sans vraiment se spécialiser.

J'entends une exclamation. Trois experts examinent à la loupe. Une sorte de sphère en grès de couleur grise, sur des pieds d'argent, trois petites boules, et percée en haut d'un petit cylindre, lui aussi en argent, cette dernière partie étant décorée de festons recouvrant la pierre sur sa partie haute. Cet objet était depuis toujours posé sur le buffet, il servait de cendrier ou de porte-stylos ou agrafes. Jamais je ne m'étais interrogé sur son origine. Il me semblait volumineux pour contenir de si petites choses, mais j'en étais resté là.

Ils trouvent une signature, russe, ainsi qu'une date, 1907. C'est ainsi que cet objet insolite devient dans l'inventaire : « Un curieux porte-allumettes réalisé par un artisan russe dont le nom figure à l'inventaire de Fabergé et ayant travaillé pour la cour impériale. » Le grès servait à frotter les allumettes soufrées que l'on posait à l'intérieur du cylindre. Comment était-il arrivé là ? Emporté par mon grand-père quand il avait quitté la Russie ? Acheté à Paris par ma grand-mère lorsqu'ils étaient devenus riches et qu'ils avaient voulu retrouver des objets qui leur rappelaient leur pays d'origine ? Le commissaire-priseur m'interroge. M'en séparer ? Le garder ? Que faire ? L'irruption des marchands modifie mon regard. Cet univers de souvenirs se transforme en une addition de catégories : dessins, peintures, vaisselle, meubles, tapis, objets divers...

*
**

Avec le commissaire-priseur, je suis à nouveau dans la chambre de ma mère. La coiffeuse est restée telle qu'elle l'a laissée. Des tiroirs de chaque côté, autant de cachettes à bijoux. Une main en porcelaine posée sur le côté arbore encore quelques bagues et laisse filer un sautoir de bois ciselé. Des bracelets, des broches, d'autres bagues encore. Dans le tiroir, un amoncellement de montres et de petits sacs, de présentoirs et de sachets, dont certains sont vides. Sur la cheminée des boîtes, et, à côté, un meuble à tiroirs haut de plus d'un mètre. Je pensais que ce semainier contenait des documents. Je l'ouvre et en jaillissent d'innombrables petits sacs en nylon, des écrins en velours, en plastique, des bas roulés autour d'objets cachés. Il y en a de toutes les couleurs, de toutes sortes : une montagne de bijoux ! La plupart ne sont même pas détachés de leur présentoir, surtout des dizaines de boucles d'oreilles dont l'emballage indique parfois la provenance : Hong Kong, Mexico, Djakarta... Bijoux achetés lors de voyages, amulettes mexicaines ou péruviennes, pendentifs en jade d'Extrême-Orient, pierres dures enfermées dans de petits sachets et, de temps à autre, perdus dans cet invraisemblable bric-à-brac, un vrai bijou, une chaîne, une bague, un collier qui me rappelle un souvenir.

Cette gourmette en or rouge... Je l'avais oubliée. Ma mère devait la porter dans les années cinquante ou soixante. Je jouais avec sur les plages de Saint-Jean-de-Luz où nous partions en vacances. Un jour, je l'avais égarée dans le sable. Ce fut un drame. D'où tenait-elle cette gourmette, qui l'avait achetée et pourquoi ?

— Ce n'est plus à la mode, me dit l'expert, mais c'est de l'or.

Les femmes portent sans cesse les mêmes bijoux, puis s'en détachent et les oublient, sans que personne – peut-être pas elles-mêmes – ne sache pourquoi. Une croix, une étoile de David, une chaîne en or donnée à l'occasion d'une naissance, une bague offerte par un amant, ou une chevalière appartenant à l'arrière-grand-père, puis au grand-père, puis au père... Les bijoux protègent un univers hermétique aux hommes.

Que faire des bijoux de ma mère ? Je croyais, il y a six ans, avoir résolu l'essentiel du problème. A sa mort, les bijoux les plus précieux avaient été répartis entre ma sœur, ma femme et nos filles respectives, bijoux offerts pour la plupart par Marcel, bijoux anciens que Marcel et Maman affectionnaient et achetaient rue Bonaparte chez M. Laforêt, dont j'ai retenu le nom parce que, enfant, il me paraissait dépositaire de tous les trésors du monde. « Aller chez M. Laforêt » était aussi important que se rendre au Louvre pour admirer les couronnes et les bagues des rois, mais, en plus, nous pouvions les acheter. M. Laforêt a disparu, la bijouterie est devenue un magasin de vêtements. Ma mère est morte. Les bijoux ont été éparpillés.

Toujours acheter, vendre, négocier, marchander. Plus pour le geste que pour le résultat. Est-ce l'explication de cette collection de boucles d'oreilles jamais portées et entassées dans tous ces tiroirs, de ces pendentifs innombrables jetés ici après avoir été acquis ?

Je ne peux m'empêcher de chercher la réponse dans les mêmes événements. Il n'y a pas eu de bijoux de famille transmis de génération en génération. Mes grands-parents n'avaient rien en arrivant de Russie. Je repense à cette feuille de papier manuscrite trouvée dans le placard : *une bague, une chevalière, un bracelet, liste des bijoux portés par mes parents lors de leur arrestation.*

Il n'est presque rien resté de l'avant-guerre. Un porte-cigarettes en or avec les initiales de mon grand-père incrustées en diamants, une montre de gousset en platine qui m'a été volée, encore un vol. Tout ce qu'ils avaient avec eux, à Salviac, à Enghien, dans leur magasin, leur appartement, tout a été volé. Tout, sauf quelques bijoux de ma grand-mère, une montre en diamants, de grandes broches en diamants également, vendues par ma mère pour acheter des netsukes, un collier de topaze porté aujourd'hui par ma nièce et un sautoir d'ambre dont ma sœur se sépare rarement.

Partir en voyage, quand on se sent menacé, c'est partir avec ses bijoux. Quels autres objets de petite dimension, réunissant en même temps du sens et de la valeur, des sentiments et de l'argent ? Avec les photos et l'or, c'est la seule chose que l'on puisse emporter. Le reste est trop lourd, trop encombrant. Autour de moi, cet étalage me dit cela. Cette folie d'achat, tous ces bijoux sans intérêt rassemblés en deux gros sacs et présentés lors de l'inventaire comme *deux lots de bijoux fantaisie*, suffisent-ils à compenser le vol, l'arrachement de ceux que l'on a retrouvés entassés par monceaux dans les annexes du camp d'Auschwitz ?

⁂

— On passe aux vitrines ?

La voix du commissaire-priseur me tire de ma rêverie. Les vitrines. Il y en a quatre, deux accrochées au mur et deux posées le long des murs. Remplies d'objets d'Extrême-Orient, cette fois-ci nous touchons le cœur de la vie de ma mère : sa collection asiatique. Des centaines de netsukes, d'okimonos, d'inros, de porcelaines. Qu'est-ce que tout cela ? Ce sont de petites figures en ivoire, en bois sculpté qui sont les objets usuels des Japonais, en métal ou en céramique. Ils sont destinés à retenir dans la ceinture le cordonnet attachant un inro (boîtes à médicamcnts), un nécessaire à fumer ou à écrire, une blague à tabac ou une bourse. Le netsuke doit être agréable au toucher et ne présenter aucun angle aigu, de manière à ne pas blesser son propriétaire. Ils font les délices des collectionneurs très spécialisés au Japon, en Angleterre, aux Etats-Unis, en Allemagne et en France. Une collection d'ivoires impressionnante. D'estampes japonaises, assez peu, et pas nécessairement des plus intéressantes. L'expert me fait admirer la finesse des dessins d'un petit vase cylindrique de très petites dimensions :

— Un kinkoje, regardez comme c'est beau !

Sur un fond de faïence blanche sont peintes de minuscules fleurs, des pétales, des tiges de lotus, des grues et des hérons. En regardant très attentivement, je distingue, enveloppant le cylindre, toute une flore enroulée autour de ce petit vase, il faut une loupe pour en admirer chaque détail. Je l'écoute me raconter l'histoire de cet objet, celle d'une petite bouteille en faïence de setzure devant laquelle il s'extasie. Il s'interrompt :

— J'ai bien connu Mme votre mère, me dit-il, elle venait très souvent me voir et ne manquait aucune des ventes de l'hôtel Drouot. C'était une véritable experte qui savait ce qui était intéressant et ce qui ne l'était pas, bien que son goût du commerce l'ait parfois conduit à acheter et à vendre – si vous me permettez cette remarque – sans tenir toujours compte uniquement de la qualité des objets qui l'intéressaient.

C'est vrai. Ma mère trottinait à Drouot, vieille dame, légèrement voûtée, les cheveux toujours noirs parsemés de rares cheveux blancs, coiffés comme sur les photos de ses vingt ans. Un peu ronde, mais moins forte que sa mère au même âge, son regard n'avait pas changé, même si les lunettes et les rides autour de ses yeux avaient fait perdre un peu d'éclat au noir de l'iris. Mais son expression était la même. Une femme au regard doux et tendre, légèrement mélancolique quand elle ne souriait pas ou qu'elle était fâchée, ce qui était rare, tournée vers ses enfants et ses petits-enfants. Une grand-mère attentive, attentionnée et affectueuse qui disait tellement l'amour qu'elle portait à sa descendance que les larmes lui venaient aux yeux en les regardant et que ses petits-enfants venaient se blottir au chaud contre la vaste poitrine. Pendant quelques années, je suis revenu vers l'appartement et nous avons habité trois étages au-dessus d'elle. Ce furent des années merveilleuses, la proximité lui rendait la vie d'autant plus agréable que les enfants, petits, pouvaient aisément partir avec elle en promenade au Luxembourg, ce jardin qu'elle avait si souvent parcouru lorsqu'elle était étudiante à la faculté de pharmacie et dans lequel elle m'a promené en poussette, avant de m'y accompagner, appuyée à mon bras, une fois la vieillesse venue.

J'ai besoin du calme du jardin du Luxembourg. Dans ce jardin, le temps prend une autre dimension. Je me trouve dans un décor dont j'ai vu les personnages disparaître. J'ai changé, même si je me reconnais dans tous ces personnages, ils sont tous là, dans ces allées. Je me vois sur ce manège, assis sur un cheval de bois, essayant d'attraper un anneau avec ma baguette, sous le regard attendri de ma mère. Dans les kiosques verts, le même marchand vend les mêmes rouleaux de réglisse et des bonbons de toutes les couleurs. Les poneys passent et repassent avec des groupes d'enfants apeurés et ravis. J'entends mes cris.

Les jours s'allongent, le soleil me réchauffe. J'écoute le chant des oiseaux. Mais les sifflets des gardiens retentissent pour signifier que la lumière de cette belle journée décline, qu'il est temps de partir. Les fracas du dehors assourdis contrastent avec le silence du jardin, si proche de l'appartement, où, apaisé, je dois retourner.

L'expert me rappelle à la réalité. Il tient dans ses mains un « Hollandais » du XIXe siècle, que les Japonais aimaient sculpter en ivoire, et que l'on reconnaît au chapeau et aux habits, voyageurs extravagants dans l'Asie de cette époque et qui ont inspiré aux artistes ces petites sculptures très recherchées.

— Admirable, plus encore que celui-là, dit-il en me présentant le même, dans une autre couleur d'ivoire.

— Et regardez ce kago !

C'est un objet en porcelaine, une reproduction du Fuji Yama ; l'objet est petit, il s'ouvre en son milieu, horizontalement, comme une huître, le socle constitue le pied du volcan. La base d'un bleu profond s'éclaircit à mesure que l'on s'approche de la cime qui est blanche.

— C'est un objet familier des collectionneurs. Clemenceau en possédait une collection qui est aujourd'hui aux Etats-Unis.

Pourquoi cette passion pour l'art asiatique ? Quelle idée ma mère a-t-elle eu de collectionner les netsukes et les inros ? Plusieurs centaines étaient ainsi accumulés dans les vitrines et ailleurs. Il fallut en définitive rassembler tous ces objets et organiser une vente particulière pour ceux que ma sœur et moi avions décidé de remettre dans le commerce. Je me rends compte, à cette occasion, que ma mère était très connue dans ce petit cercle d'initiés. Je reçois des lettres d'un peu partout en Europe. Elle avait ses amis, ses correspondants. Elle possédait une accumulation impressionnante de livres très érudits, de revues, de catalogues qui la reliaient à des Allemands, des Japonais, des Anglais à qui elle envoyait des informations et qui la tenaient au courant de leurs achats, de leurs contacts.

Ils s'échangeaient les pièces qu'ils possédaient en double. C'était la raison de ses voyages rapides en Angleterre ou ailleurs. Elle s'était lancée dans l'art japonais avec une passion dont nous ne voyions que la partie la plus visible – quand fièrement elle ouvrait ses vitrines, celles-là même qui sont devant moi, et qu'elle montrait à mes enfants fascinés : petits sujets, animaux pour la plupart, souris rongeant une noisette, crapauds, serpents, fleurs de lotus. Elle pouvait passer une heure à étaler sur la table de la salle à manger ces personnages tout en leur inventant des histoires, avec des petites théières, des livres, du matériel pour écrire, des vieillards en bois appuyés sur une canne. Un univers prenait vie sous nos yeux. Elle avait alors le regard d'une enfant émerveillée, et rougissait de plaisir lorsque mes enfants s'amusaient avec les petits lapins en ivoire ou s'effrayaient d'une vieille sorcière. J'étais, et je le regrette aujourd'hui, un peu blasé et agacé de cette passion qui l'avait possédée depuis mon enfance, peut-être parce que je m'en sentais exclu. Je trouvais ma mère extravagante.

Elle avait commencé par quelques achats, des cadeaux peut-être. Quand j'étais enfant, je remarquais la disparition de petits animaux en ivoire et de sujets auxquels je m'habituais, ce qui me fâchait beaucoup.

— Pourquoi l'as-tu vendu ? demandais-je, furieux, gardien ombrageux de mon passé, comme tous les enfants.

— J'en avais assez, j'avais besoin d'argent pour en acheter un autre, répondait-elle avec désinvolture. Cela m'horripilait de la voir ainsi traiter mes souvenirs. Mais elle n'en avait cure.

A la vente aux enchères, je vois défiler, comme à un enterrement, des collectionneurs dont je n'avais jamais entendu parler qui viennent me présenter leurs condoléances, sincèrement affectés par la perte d'une des leurs. Je comprends l'ampleur de ce savoir qu'elle avait soigneusement entretenu. Était-ce pour trouver refuge dans un ailleurs lointain, qui ne lui rappelle ni la France, ni la Russie, ni les juifs, ni les catholiques. L'océan Pacifique, l'Extrême-Orient... chacun son exotisme. Se recréer un univers exutoire quand il n'y a plus rien à attendre de ce côté-ci du globe. Un monde imaginaire loin de l'Europe et de ses déchirements ; une jolie matière, l'ivoire, et tout un art fait de symbole et de délicatesse dont la connaissance intime est si longue à acquérir que l'on peut, loin de tout, y consacrer sa vie. Le paradis perdu, un de plus.

19

Les livres et le poignard

Nous n'avions pas la télévision. Ce n'est qu'après mon départ de l'appartement que cette modernité-là s'est introduite chez ma mère.

J'ai donc été élevé au milieu des livres. Ils sont là, tout autour de moi. Certains posés en vrac, par terre ; je les ai sortis des meubles de la chambre et de l'entrée pour avoir accès aux documents personnels, trier les papiers. Mais la plupart sont encore alignés dans la bibliothèque du salon, tels qu'ils avaient été rangés par Raymonde et Marcel. Le commissaire-priseur et les experts n'y ont pas touché, ce n'est pas leur domaine. C'est pour moi le cœur de notre vie passée. Je ne peux laisser à personne le soin de les trier pour choisir ceux que je veux conserver.

Par où commencer ? Mon regard parcourt les rayonnages, cherche si les livres n'ont pas été disposés selon un classement bien organisé, ou placé là au hasard des achats. Je connais par cœur l'emplacement de certains d'entre eux. Là, à droite de la cheminée, se trouvent les œuvres intégrales d'Alfred de Musset, dans une belle édition du XIXe siècle. Adolescent, j'adorais Musset et sortais souvent l'un des volumes de la série pour rêver avec lui.

A côté, j'aperçois Courteline, auteur fétiche de mon père pendant la guerre, et dont il parlait dans l'une de ses lettres. Ces textes sont presque oubliés maintenant, alors que *Les Gaîtés de l'escadron*, ou *Le Train de 8 h 47* faisaient autrefois mes délices. Je m'arrête sur les *Causeries du lundi* de Sainte-Beuve, que je n'ai jamais lues mais dont la reliure rouge avait toujours retenu mon attention. A une place centrale, beaucoup de livres édités chez José Corti. Ma mère allait le voir, rue de Médicis. Il avait lui aussi été très éprouvé par la guerre. Leurs deuils communs les avaient rapprochés. Elle traversait le Luxembourg jusqu'à sa maison d'éditions, prenait le thé avec lui et revenait avec quelques livres que son ami lui avait donnés. C'est ainsi que j'avais lu Julien Gracq, à la demande insistante de ma mère, *Le Rivage des Syrtes*. J'étais trop jeune pour comprendre tout, mais sous l'injonction maternelle, j'avais tenu bon et l'avais lu intégralement, rêvant d'Orsenna, la vieille ville où l'on rêve d'affronter les lointains ennemis. Je reprends le livre, depuis lors, régulièrement.

Marcel lisait beaucoup. Assis dans un fauteuil, il s'absorbait dans les grands classiques et s'était même replongé dans l'étude du latin et du grec pour pouvoir les lire dans le texte en éditions bilingues. Les soirées étaient donc silencieuses.

Ma mère préférait les livres d'art et les romans. Des livres d'art, il y en a beaucoup : *Les Chefs-d'œuvre des musées*, *L'Histoire de la peinture* en vingt volumes, elle avait une prédilection pour l'art italien, et pour tout ce qui lui permettait de développer ses connaissances de l'art japonais. Des rayonnages entiers. Ses goûts romanesques étaient plus variés. De Pearl Buck à Simone de Beauvoir, toute son époque est là : Sartre, Daninos, Giraudoux, Kœstler, Orwell, des biographies. Elle adorait découvrir et se plonger dans un univers nouveau, parfois sans discernement littéraire particulier. Comme en peinture, elle mélangeait les genres, les époques, le talent et les textes de circonstances.

Marcel s'exclamait bruyamment :

— Comment peux-tu lire des imbécillités pareilles !

— Ça m' plait. Tu m'embêtes. Lis Saint-Simon et fiche-moi la paix, répondait-elle, se replongeant avec délices dans *Angélique, marquise des Anges*.

Une seule méthode pour me sortir de cette plongée dans mes souvenirs, vider de gauche à droite, en partant du haut et en descendant. Je me donne une consigne : ne garder que le strict nécessaire. Avec Béranger, Thiers ou Pearl Buck, c'est facile. Au fur et à mesure que j'avance, cela devient plus difficile. J'admire ceux de mes amis qui, une fois un livre lu, s'en débarrassent sauf de rares exceptions, comme d'un objet inutile. Chez eux, instinctivement, je cherche en premier la bibliothèque. J'aime voir comme ils disposent leurs livres, les classent, ce qu'ils gardent précieusement, par ordre alphabétique ou par collections. Je ne parviens pas à jeter un ouvrage, ni même à le donner. Je n'en suis pas fier.

Je ne résiste jamais au plaisir de prendre un livre

précieux, de le feuilleter, de le sentir. Je voudrais pouvoir garder tous les ouvrages qui ont accompagné ma vie. Je suis réconforté par la seule idée de leur présence à portée de main. Comment faire aujourd'hui avec ceux-là ?

Sur certains d'entre eux, je découvre des dédicaces ou l'indication de la personne qui l'a offert. Les dates me rappellent des événements précis, et des cartes postales envoyées de vacances sont restées glissées entre les pages : *Jérôme va bien*, écrit ma sœur de Pornichet en 1952. *Il est toujours aussi râleur.* Depuis, je glisse ici et là des cartes ou des petits signes, réjoui à l'idée que mes enfants, plus tard, les trouveront à leur tour.

Tout un rayonnage est réservé aux livres de Catherine, articles et coupures de presse, collection impressionnante. A côté, incongrue, une photographie de Paul Fort, Prince des poètes, dédicacé à Mlle Raymonde Gornick. C'est un univers, couvert de poussière, long à dégager tant sont mêlés, à côté des livres, photographies, lettres, objets divers, boîtes ou réveils, petits vases et miniatures. L'ensemble forme un tout, comme une composition murale ou une page d'écriture, avec ses pleins et ses déliés, ses trésors et ses banalités.

Et puis, parmi d'autres, une édition de *Mein Kampf* en français avec un brassard nazi à l'intérieur. Ici la violence brutale au milieu des livres !

Me revient soudain à l'esprit l'image de ce poignard nazi, accroché depuis mon enfance à l'un des montants verticaux de la bibliothèque.

Il est noir. Le manche aussi. Tout est noir, le fourreau, une gaine de métal noir. Le passant en cuir qui entoure le haut du fourreau, noir. Tout en haut, sur le manche, un petit cercle, comme un œilleton brillant sur lequel on distingue le signe SS. Sur le corps du manche, au creux de la main quand on le tient, un aigle en métal s'y déploie et, sous l'aigle, un cercle avec une croix gammée. Quand on tire l'arme de son fourreau, ce qui est difficile, la lame en acier brille, très pointue et tranchante. D'un côté un cercle où est inscrit SOLINGEN. Les références de la fabrique d'acier, sans doute. Et de l'autre, étalé sur toute la longueur de la lame en lettres gothiques : *Meine Ehre heißt Treue*. En regardant à la loupe une photographie sur laquelle on le distingue très nettement, je ressens la même frayeur qu'autrefois.

Avant d'être accroché à la bibliothèque, ce poignard était posé sur le bureau de mon père, à côté des crayons et des porte-plumes où l'on aligne habituellement stylos et instruments destinés à l'écriture. Quand j'étais petit, je me souviens de m'être hissé sur la pointe des pieds pour l'attraper et de l'avoir fait tomber. Il était très lourd. Je m'étais enfui précipitamment. Puis, avec prudence, j'étais revenu dans la pièce et l'avais remis à sa place. J'avais très peur que mon père me surprenne. Il ne supportait pas que l'on touche à son bureau. Aujourd'hui, j'écris au Thoureil sur ce même bureau, celui où était posé le poignard nazi.

J'ignore où et comment mon père était entré en sa possession. Je crois me souvenir qu'il l'avait pris sur un Allemand mort après les combats de 1940 ou peut-être à la Libération de Paris en août 1944. Je ne le lui ai jamais demandé. Je n'osais pas. Pourquoi ne m'en a-t-il jamais parlé, alors que ce poignard était toujours visible, à portée d'œil ou de main, comme un trophée qui rappelle un fait d'arme mémorable ?

Après la mort de mon père, Pauline, ma belle-mère, l'avait emporté à Salviac. Quand j'y suis retourné, c'est une des premières questions que j'ai posée à Elisabeth, m'étonnant de ne pas le voir parmi les affaires de mon père. J'y avais pensé souvent, l'associant aux livres de la bibliothèque paternelle, retrouvée à Salviac.

— Je l'ai donné à des amis qui s'intéressent aux armes, m'a-t-elle dit. Cela me gênait d'avoir cet objet ici.

Je lui ai demandé de le récupérer, sans très bien savoir pourquoi, fasciné à la fois par l'arme et parce que mon père reste ce personnage sur lequel je m'interrogerai toujours. Il m'offrait, enfant, pour les fêtes, des armes anciennes, ayant décidé que je devais entamer une collection et que les armes étaient plus appropriées que les timbres. Je recevais chaque année pistolets, sabres d'Empire et épées d'apparat. Je n'osais pas lui dire que cela ne m'intéressait pas du tout.

Le poignard est donc revenu chez moi. Aujourd'hui, je le regarde et je m'interroge sur l'attitude de ma mère. Elle a donc vécu ainsi, après la guerre, avec, tous les jours, dans son salon, ce poignard nazi sous les yeux.

On ne sait pas ce qui passe dans la tête des parents.

J'enlève les livres. Vide, le meuble n'est plus qu'un assemblage de planches et de poussière. A terre, en piles, plus ou moins rangés, les livres semblent vulnérables, vaincus. Comment choisir ceux qu'il importe de garder ? Chaque génération porte un jugement, la sélection est difficile. Je jette Béranger, Louis Bromfield, Mazo de la Roche. Et, in extremis, réintègre *Kaputt* de Malaparte, Hemingway, Steinbeck. Qu'écarteront mes enfants de ce que j'ai conservé ?

J'éprouve le sentiment de ne jamais en venir à bout. Il reste toujours un espace à visiter. Un placard, un carton datant d'un précédent déménagement et jamais ouvert depuis. C'est sans fin. La vaisselle, le linge, les Guides Bleus, les cartes routières, les étuis à lunettes, les cintres, les formes de chaussures... Vider un appartement, c'est lutter contre le passé. Une bataille contre les objets, contre soi-même. Ecrire, est-ce le bon moyen ?

Pour les livres, c'est presque fini. Presque, car je veux suivre leur parcours jusqu'au passage entre d'autres mains. Erreur, sans doute. Mais j'accompagne le libraire, un ami, qui m'avait débarrassé des cartons que j'avais péniblement réussi à remplir, au parc André-Citroën, dans le XVe arrondissement, où se tient chaque semaine un marché aux livres.

J'assiste au déballage, à la vente. Je veux imaginer comment peuvent vivre ailleurs et autrement ces livres qui nous ont tenu compagnie durant tant d'années. Qui en sera le prochain propriétaire ? Ce jeune étudiant, tout pâle, qui semble démuni ? Ce vieux monsieur collectionneur de revues des années cinquante ? Cette curiosité a d'abord pour résultat d'attiser en moi le remords que je me serais évité en n'accomplissant pas cette démarche. Je repars un peu plus tard avec un carton rempli de Philippe Hériat, d'André Maurois, d'Huxley et du *Journal* des Goncourt que j'avais impitoyablement éliminés, au premier tour. Incapable de les laisser partir, je ne suis pas très fier de moi, mais comment lutter toujours contre sa nature ? Pour les autres, j'observe les habitués ou les passants se précipiter vers le nouvel arrivage, d'autant qu'à deux ou trois euros le livre, sauf quelques exceptions, il y avait de quoi acheter. Certains disparaissent très vite, on ne sait pourquoi, surtout ceux qui ont trait à la guerre. D'autres, au contraire, dont j'avais hésité à me séparer, ne suscitent aucun intérêt. Notamment ce *Quo Vadis* de Sienkiewicz, un de mes premiers livres, dont je possède un autre exemplaire. Un grand nombre de titres passent de main en main et restent à l'étal, au su et au vu de tout un chacun, livrés à tous les regards. C'est trop pénible de voir ainsi manipulés tous mes trésors.

Je me sens de trop, presque gêné d'être encore là pour assister au spectacle. Je pars rapidement, non sans avoir acheté, au passage, un autre livre...

20

Le déménagement

Un samedi matin, les déménageurs arrivent en compagnie de commissaires-priseurs.

Un camion attend dans la rue avec un monte-charge qui fait passer directement ce qui doit être déplacé de la fenêtre du quatrième étage. C'est pratique et rapide. En deux heures, j'ai vu tout disparaître dans les cartons, emballé, enveloppé, rangé par catégorie avec une petite pastille de couleur et un numéro collé sur chaque objet, numéro d'inventaire permettant aux commissaires-priseurs d'identifier ce qui est déversé chaque jour à l'hôtel Drouot.

— Et celui-ci, on vous en débarrasse ?

Un déménageur me tire du fauteuil où je suis effondré.

— Quoi ? Pardon ?

— Oui, ce grand tapis usé ? Si vous voulez, on le dépose à la décharge ?

Le grand tapis bleu, rapporté de Bakou, le berceau de la famille. Je consulte le commissaire-priseur qui, voyant mon air embarrassé et un peu triste, répond :

— Il a été très beau, c'est vrai, mais je vous l'ai dit, il a donné le meilleur de lui-même...

Oui, mais de là à le déposer à la décharge... Le tapis sur lequel j'ai fait mes premiers pas, fierté de la famille, le jeter comme ça, non mais, ça ne va pas ?

— Non, vous le laissez.

J'ai hâte qu'ils en finissent. J'admire leur habileté à ne rien détériorer et à procéder à un enlèvement qui me paraissait monstrueusement lourd à organiser. Toute une vie pour remplir un appartement. Quelques heures pour tout faire disparaître.

Je suis seul maintenant. Les bibliothèques sont vidées de leurs livres. Sur les murs, les traces grises et noires sont autant de témoignages accablants. Les meubles n'avaient pas été déplacés lors du dernier passage du peintre – il y a des années – si bien que, une fois enlevés, leurs formes sont visibles sur les murs. Les tapis entassés laissent apparaître une moquette usée et tachée. Du plafond pendent des fils électriques à la place des lustres. Des sacs traînent un peu partout, quelques cartons, beaucoup de vieux journaux, des cintres, des rideaux usés, jaunis par le soleil. Tout paraît plus grand. Je reste assis sur un canapé, rescapé de la tourmente. Un grand désordre ? Mais qu'est-ce que l'ordre après le passage de la mort ?

J'ai dans la tête le titre d'un spectacle du chorégraphe Angelin Preljocaj, *Paysage après la bataille*. Je regarde ce qui n'a pas été emporté parce que « invendable » : vases, bibelots, vaisselle banale et quelques lampes. Un meuble, un seul, est resté, à ma demande : le secrétaire de ma mère. Posé dessus, le calendrier est arrêté à la date de sa mort, le 9 juin 1996. Marcel n'y avait jamais plus touché depuis.

21

L'homme à la pipe

Je suis venu tout vérifier dans la salle d'exposition des meubles et objets réunis avant la vente à l'hôtel Drouot. Je parcours les listes et suis intrigué en lisant, au numéro cinquante-trois : « *L'Homme à la pipe*, portrait contemporain, cent euros. »

Cet intitulé ne me rappelle rien.

Je cherche sur les murs, numéros cinquante et un, cinquante-deux, cinquante-trois... le voilà. Qui vois-je ? Un portrait de mon père ! Il m'avait échappé, passant du déménagement de Salviac, où il était resté chez Pauline après la mort de papa, au garde-meuble, puis chez le commissaire-priseur qui, logiquement, sans instruction de ma part, a prévu de le mettre en vente demain.

Curieux face à face. Me voici donc avec lui, le sauvant de la vente et de la disparition pour cent euros ? Pour la première fois de notre histoire commune, il est à ma merci. Il se rappelle à mon bon souvenir, de façon imprévue, à son habitude. Peut-être veut-il me jouer un dernier tour ? Echapper au classement, m'adresser un clin d'œil, m'obliger à choisir de le préserver ou de le vendre pour presque rien ?

L'Homme à la pipe, un homme élégant, dans la quarantaine ; seul le haut du buste est représenté. Veste et cravate à peine esquissées, la tenue est soignée. Un portrait très fidèle de mon père, l'œil bleu, vif et malicieux derrière de grosses lunettes d'écaille. Il regarde le peintre de trois quarts face. Il a l'air plutôt satisfait. Et, naturellement, une pipe, au centre du tableau. Naturellement, parce que j'ai toujours vu une pipe sous la moustache de mon père. Son premier geste le matin était de prendre ses lunettes sans lesquelles il ne voyait rien. Son deuxième, de se mettre la pipe à la bouche, pipe qu'il ne quittait qu'au coucher. Je ne sais si cette habitude précédait ou suivait le petit déjeuner. Jamais je ne suis entré dans sa chambre quand il s'y trouvait. Parfois, il échangeait sa pipe contre une cigarette, une Gauloise bleue, selon des humeurs et des rites connus de lui seul. Il y avait toujours plusieurs pipes posées sur son bureau, à peu près les mêmes, car il n'était pas collectionneur et s'intéressait au fourneau plus qu'à la décoration. J'ai donc eu, très tôt, une familiarité extrême avec les cure-pipes et surtout les goupillons hérissés de poils ras, bleus, rouges, verts. Je prenais subrepticement ces tiges colorées pour bricoler de petits bonshommes et parfois même une armée, au grand dam de mon père qui pestait, la bouche engoudronnée, en cherchant ses goupillons.

L'Homme à la pipe, ce tête-à-tête me plaît. Enfin seuls ! Je repense aux musées où je suis allé parfois avec lui, grand amateur de peintures, dessinateur à ses heures. J'ai retrouvé des carnets de dessins de femmes nues car, pendant plusieurs années, il allait à l'atelier de la Grande-Chaumière, à Montparnasse, pour dessiner des modèles féminins. Non sans talent : ses fusains, ses encres de Chine, ses dessins, ses pastels témoignent d'un trait d'une grande finesse. Nous allions au Louvre observer les petites scènes de maîtres hollandais. *Joueur dans un cabaret*, *L'Homme au gant*, *L'Homme lisant.* Il y était très attentif. Je le vois figurer dans cette lignée de portraits de Clouet, de Fouquet ou de Corneille de Lyon, devant lesquels nous passions – c'étaient ses préférés – pour admirer la délicatesse d'un visage, s'interrogeant parfois sur la personnalité de l'original. *L'Homme à la pipe*, celui de Van Gogh, autoportrait où le peintre figure l'oreille bandée, après sa tentative d'automutilation, une sorte de toque noire sur la tête. Il regarde, sévère et soupçonneux à la fois.

« L'homme à la pipe – Pastel du XXe siècle. » Anonyme : sans nom. Il est devant moi, là, sous mes yeux, il n'est plus un père. Sans patronyme, ni prénom, ni rien qui rappelle une filiation. Juste un homme à la pipe, comme n'importe quel autre fumeur, témoignage de la peinture des années cinquante, et regardé comme tel par des yeux eux aussi anonymes. Il pourrait figurer dans un musée, se retrouver aux puces de Vanves ou de Saint-Ouen sur le trottoir, il ne serait qu'un portrait signé Sacha Rubinstein en 1949. Mon père avait quarante-cinq ans.

— Beau travail, vous ne trouvez pas ? dirait le vendeur.

— Trois cents euros, mais je peux faire une réduction.

Judas a vendu Jésus pour trente deniers. Je ne peux pas vendre le portrait de mon père, même devenu un *Homme à la pipe*, pour cent euros ! Bien que j'aie conservé des souvenirs cuisants de ces samedis midi – le seul jour où je le voyais –, déjeuner rituel, où je venais chaque fois bavarder un peu et réclamer l'argent de poche qu'il devait me donner et que j'avais le plus grand mal à obtenir. Un supplice.

Il est donc là, immobile et me regardant. Anonyme ? J'ai eu le sentiment de l'être, moi aussi, pour lui. Ma mère faisait tout pour effacer ses particularités à elle, cette étoile jaune et cette langue russe, pourtant si belle. Elle souhaitait se fondre dans l'identité française pour vivre en paix. C'était à moi de devenir anonyme, un Clément parmi d'autres – il y en a beaucoup, des pages entières dans l'annuaire – et pourtant différent. Je percevais cette différence comme une tare, un handicap qu'il fallait gommer, être sans aspérités et surtout, si elles subsistaient, les refouler. Car le nom qu'avait choisi ma mère – celui de mon père – avait valeur de passeport pour l'intégration.

Il y avait aussi toute cette histoire familiale paternelle dont on faisait grand cas, ces arbres généalogiques qui remontaient, grâce aux actes notariés consignant les transmissions des terres, des maisons, les mariages et les enterrements, aux XVIe et XVIIe siècles. Un gros album *Historique de la famille Clément* depuis 1650. Le premier connu de la lignée s'appelait Henri et était marié à une Croisette Riche.

Mais nous descendons de la troisième branche dont le fondateur était Sébastien. Jérôme est un des prénoms qui, avec Sébastien, revient le plus souvent. En particulier, le Jérôme Clément né en 1747 et mort en 1842 semble avoir eu une descendance, une longévité et un rôle importants. C'est, semble-t-il, la raison du choix de mon prénom. Et non pas l'évocation du saint avec les lions ou sa traduction de la Bible, celui que l'on voit avec une longue barbe blanche, devant sa table de travail, et ses grimoires... On finit par s'attacher à son prénom. Cela donne lieu à d'interminables discussions au moment de l'adolescence. On veut savoir pourquoi Julien, Julie, Laurent, on échafaude des théories, des discussions, alors que le choix dépend de considérations si contingentes ! Ou d'un inconscient familial puissant... Ma mère avait très mal accepté que je donne un prénom juif à ma fille aînée – Sarah – et à la dernière – Judith.

— Tu ne trouves pas que cela suffit ? Tu trouves cela intelligent ?

Fierté des noms et de la lignée pour un petit garçon tiraillé entre une famille ancrée dans le sol français depuis des siècles et dont on exhibait la lignée sur les terres de l'évêché de Sens, et le flou indicible d'une famille maternelle, dispersée aux quatre coins de la terre et dans l'air de Pologne, aux noms mutilés et variant selon les documents, les époques et les pays, aux religions et aux langues incertaines et aux origines multiples. Être situé dans l'espace et dans le temps. Une carte d'identité, c'est d'abord un nom, un lieu, une date de naissance. Ma mère avait payé tout cela très cher. Ce sont des choses que ne peuvent pas comprendre ceux dont l'identité, les lieux familiers sont autant de certitudes ancestrales sur lesquelles s'appuyer. Comme c'est facile quand on possède une maison en Bretagne ou en Bourgogne depuis le XVe siècle, que l'on est catholique depuis des générations et que les noms ne changent qu'au moment des mariages !

L'Homme à la pipe abolit momentanément ces différences. Il ne reste rien, sauf ce regard de myope, caché derrière ses lunettes, serrant fortement une pipe entre ses dents. Il me reste cette odeur de pipe, tellement inscrite en moi que je ne peux la sentir dans une pièce sans penser à lui. Mais il s'est évanoui dans l'espace et le temps, malgré les lettres, les photos que j'ai retrouvées de lui, étudiant ou homme mûr. Il est devenu ce « portrait d'homme », *ritratto virile* comme on dit dans les musées italiens – cela sonne bizarrement pour un Français. Un homme. Un père. Un fils. Et ce silence comme avant et à jamais.

Est-ce à cause de la pipe qu'il parlait si peu ? Des repas entiers sans dire un mot. La fourchette portait les aliments à la bouche. Je constatais qu'il pouvait manger sans sa pipe, mais parler, impossible.

Beaucoup de silence, donc, de violence, même, parfois, dans la vie familiale, des objets cassés, des vitres brisées, des nappes jetées par la fenêtre, des échanges de plus en plus insignifiants, chambres séparées, des relations glaciales, limitées à régler les détails pratiques avec ma mère. Cela a duré douze ans.

Face à lui, aujourd'hui, j'ai encore le cœur serré

d'angoisse en pensant aux efforts surhumains que j'accomplissais pour tenter de dire quelque chose, briser ce silence épouvantable qui s'installait au cours des déjeuners quand ma mère en blouse blanche remontait de la pharmacie, et que Catherine et moi revenions du lycée et mon père de son laboratoire. Lucienne apportait le repas. Il regardait ailleurs et mangeait en silence. Je déployais des trésors d'imagination pour trouver un sujet de conversation qui pût faire naître un quelconque intérêt de sa part, ne fût-ce qu'un instant. Je laissais tomber des assiettes pour rompre le silence et parlais de l'école, tombais malade, rien n'y faisait. Il partait manger son dessert dans son bureau. Un jour, Catherine, pour lui rappeler qu'il devait la conduire au lycée, passa un disque de Sydney Bechet – *Les Oignons* –, très fort, dans le salon, à côté de la pièce où il était enfermé et faisait la sieste. Effectivement, cela le réveilla. Il sortit et lui brisa le disque sur la tête.

Il pouvait rester des heures derrière son nuage de fumée dans son bureau, ne faisant pas plus attention à moi ou à ma mère qu'à un meuble. La fumée nous gênait, nous toussions, il ne nous voyait pas. Je le regardais. Je pensais que s'il ne parlait pas, c'était à cause de sa pipe. Il lisait. Il était ailleurs. Mais où était-il donc ?

Jamais de voyages, de vacances prises tous ensemble. Quelques fêtes de Noël au début, puis, très vite, on m'envoyait à la montagne « pour que je respire le bon air ». Cette formule m'exaspérait. Je détestais le « bon air ». Noël n'était pas une fête de famille. Seulement l'occasion d'échanger des cadeaux. Mais il fallait être là le 1er janvier pour aller tous ensemble rue de

Paradis souhaiter la bonne année à mes grands-parents. Nous n'y avons jamais manqué. J'ai retrouvé dans la valise une photo, c'est la seule, de mon père, avec ma mère et moi ; j'ai cinq ans, culotte courte, gilet de laine tricoté et cheveux en brosse, nous sortons d'un restaurant à la campagne, debout face à l'objectif. Un faux-semblant de famille.

A cette même époque, il réalisa un portrait de moi. Je suis sérieux et grave, presque triste. Le portrait est fidèle, même si je parais beaucoup plus adulte qu'on ne l'est à cet âge. Une anticipation ?

J'ai toujours conservé ce portrait dans ma chambre, face à mon lit, comme si ce père impossible, avec qui tout fut raté, devait rester près de moi, malgré tout, par l'image de moi qu'il avait créée, communiquant par la peinture, au-delà de la mort. On n'en a jamais fini avec ses parents.

Parfois, il était prodigue et m'offrait des présents inattendus et coûteux, souvent décalés : un chien, un voilier, des armes de collection, un smoking à Londres, au cours d'un voyage professionnel auquel il me demanda de l'accompagner. Il m'acheta des gilets de toutes les couleurs chez *Austin Reed of Regent Street*. J'étais surpris, je ne comprenais pas ce qui lui prenait.

Le plus souvent, c'étaient de vieux et grands livres qu'il avait hérités d'une vieille dame, Mme Peignon, veuve d'un médecin qui avait soigné mes grands-parents et qu'il avait soignée à son tour. Ainsi, à treize ou quatorze ans, après les sabres et les pistolets, je me voyais fêté avec *Les Galeries de l'Europe*, *La France des colonies*, ou *Les Chefs-d'œuvre des musées d'Italie*. Je les recevais avec amertume pensant qu'il aurait pu faire l'effort de m'offrir quelque chose de neuf, plutôt que de se débarrasser de livres inutiles. Néanmoins, je les ai gardés.

Mais le quotidien ? Une grande absence même quand il était présent. Je pense qu'il éprouvait de la fierté, sans doute, et de l'intérêt pour son seul fils, mais quel malaise avec la paternité ! Il y a très longtemps, quand ils vivaient encore ensemble, les mardis étaient réservés à leurs amis. On jouait aux cartes, on racontait des anecdotes sur les uns et les autres. Mon père était drôle, très cultivé, séduisant et raffolait des blagues et des contrepèteries. Il s'intéressait beaucoup aux autres. « C'était un homme très gentil », me disait-on, brillant, toujours informé des derniers livres parus, des expositions, et original dans ses jugements. Mais il ne savait pas comment faire avec la famille. Je n'ai jamais partagé avec lui de ces longues conversations où chacun se laisse aller, pas de confidences, jamais d'abandon, comme s'il lui était impossible de communiquer avec ses proches, alors qu'il le faisait naturellement avec ses amis ou avec des visiteurs auprès de qui il se montrait séducteur et qui gardent un souvenir merveilleux de lui.

Quand j'avais douze ans, un jour, il m'a annoncé en traversant la rue pour aller faire une course, qu'il quittait ma mère, m'informant de son déménagement dès le lendemain. Je n'ai pas été surpris, je crois que j'attendais ce moment depuis longtemps, m'étonnant que cela ne soit pas arrivé plus tôt, mais tout de même, cela m'a fait un choc. Je suis tombé. Il m'a relevé et il est parti. Je suis rentré à la pharmacie de ma mère, seul.

Pourtant, dans les dernières années de sa vie, nous déjeunions, de temps à autre, près de son bureau, rue de Richelieu. Il avait l'air content de me voir, semblait heureux que je réussisse mes études, fier de l'annoncer à ses amis. Il buvait beaucoup. Au restaurant, du brouilly, parfois de la bière et du whisky. Notre dernière conversation eut lieu quelques mois après la naissance de ma première fille, Sarah, en 1975, en Anjou ; il était assis dans un fauteuil près de la fenêtre, et lisait un livre d'histoire romaine de Victor Duruy. J'essayais de lui parler, de lui demander comment il envisageait l'avenir, sa retraite puisqu'il s'en approchait. Il a pris un air ennuyé, m'a regardé, comme aujourd'hui sur ce portrait, lunettes et pipe bien en place et m'a répondu : « Je ne sais pas », d'un air las et lointain qui décourageait toute question.

J'interrogeai un jour ma mère sur l'homme avec qui elle avait traversé sa jeunesse et la guerre et avec qui elle avait fait deux enfants aimés :

— Charmant, me dit-elle, il était charmant.

— Tu ne peux pas m'en dire un peu plus ? demandai-je avec insistance.

— Que veux-tu que je te dise ? Il était charmant.

Nous en sommes restés là. Quant à lui, jamais il ne s'est enquis de ma mère. Peut-on imaginer, même après un divorce, un père qui en trente ans ne m'a pas demandé une fois : « Comment va ta mère ? », lui qui m'avait conçu avec elle dans des circonstances si terribles ? Il ne m'a jamais parlé de la guerre, ni de rien d'ailleurs.

Dans les affaires lui appartenant et que j'ai récupérées à Salviac, ses livres m'importaient le plus, surtout une édition rare de Stendhal, une autre de Chateaubriand et un Voltaire complet. Par un de ces hasards qui auraient ravi Sigmund Freud, la caisse fut vendue par erreur, me privant d'un des souvenirs auxquels j'étais le plus attaché.

Pendant les fins de semaine, nous partions tous ensemble dans cette maison de Nesle-la-Vallée, achetée après la guerre – pour remplacer Enghien ? C'était au début assez joyeux. Nous grimpions aux arbres avec mes cousins, nous promenions le long du Sauceron, épions les conversations des grands, chuchotions nos petits secrets.

Ma mère y vint de moins en moins. Je ne savais pas pourquoi et cela me causait un infini chagrin. Je me retrouvais donc le plus souvent avec mon père, Jo et Pauline, Catherine et Elisabeth, qui partaient de leur côté. J'ai conservé des souvenirs d'humidité et de froid. J'ai dans l'oreille les notes sourdes du gong – récupéré par ma fille Judith dans l'appartement – qui nous appelait aux repas.

Un jour, à l'occasion d'un dîner de Noël, quand ma mère venait encore, elle exhibait fièrement une cloche à fromages en plexiglas. C'était la mode des bas nylon, du Coca-Cola, de divers objets en plastique qui arrivaient tout droit d'Amérique. Ma mère expliquait que sa trouvaille était facile à laver, légère et surtout incassable. Mon père avait déclaré : « Incassable ? Eh bien, on va voir. » Il prit la cloche et la jeta violemment à terre. Elle se cassa. Il n'y eut plus de Noël à Nesle-la-Vallée.

Les amis de la famille se faisaient plus rares. Jo s'occupait du jardin, inlassablement il bêchait la terre et coupait les haies tandis que mon père et Pauline cachaient de moins en moins leur amour. J'errais dans la maison, je lisais beaucoup, j'étais très seul, angoissé. La situation devenait scandaleuse, ce qui alimentait les conversations des grandes personnes et créait un trouble dont je percevais l'ampleur : des chuchotements qui s'arrêtaient net quand j'entrais dans une pièce, des embrassades excessives dont l'on me gratifiait, des offres de week-ends ici et là, sans raison, des cadeaux démesurés. Mais ceux que je voulais voir réunis autour de moi, eux, n'y étaient pas.

Au moment de la séparation, la maison de Nesle-la-Vallée fut vendue. Mon grand-père et ma grand-mère paternels, qui avaient été si réticents au mariage de mes parents, étaient opposés au divorce, pour des raisons de principe. Dans les familles catholiques, c'était mal vu. On préfère temporiser en pensant que le temps arrange les choses et, sinon, on s'organise autrement pour sauver les apparences. C'est stupide. Sans doute aussi mes grands-parents Clément éprouvaient-ils une réelle affection pour ma mère dont ils mesuraient la souffrance, même si, de son côté, elle s'engageait de plus en plus dans une nouvelle vie avec Marcel qui l'aimait tant. Peut-être enfin parce qu'ils craignaient le caractère fantasque de leur fils, cet homme talentueux et imprévisible qui, en divorçant pour épouser la femme du cousin de ma mère, créerait un désordre dont ils redoutaient les conséquences familiales et sociales.

J'ai longtemps cru mon enfance calme et heureuse. On ne manquait de rien. Mais je sais maintenant d'où vient cette immense tristesse qui parfois m'envahit.

Il a fallu toutes ces années, du temps, de la réflexion et la découverte de correspondances pour que j'en sache un peu plus. Rien ne remplace ce qui n'a pas été, notamment dans l'enfance.

Après le divorce de mes parents – mais tout n'était-il pas déjà joué avant ? –, nos chemins se sont encore éloignés, sans qu'il y ait eu de rupture, juste par impossibilité de communiquer. J'espérais que la vieillesse de mon père nous permettrait de nouer des fils que nous n'avions pas pu ou pas su tisser auparavant. Sa mort prématurée, quinze jours après cette dernière conversation, nous en a empêchés, me laissant ainsi seul avec, en face de moi, *L'Homme à la pipe*.

22

La vente aux enchères

A 13 h 30, jour de la vente, je suis à l'hôtel Drouot. Heureusement les places assises sont réservées car, dès l'ouverture des portes, c'est la ruée. On sent un peu de nervosité, comme au théâtre avant le lever de rideau. A la table, les deux commissaires-priseurs. L'un d'entre eux tient le marteau. Les experts sont assis, le stylo à la main. Devant eux, une batterie de téléphones pour les enchères à distance. On se salue. On s'observe. On attend.

— Messieurs les Commissionnaires, êtes-vous prêts ?

Ce sont les hommes de peine, qui vont, suivant l'ordre indiqué sur le catalogue et les numéros marqués sur les pastilles de couleur, chercher les objets méticuleusement rangés pour l'exposition. Trois coups de marteau avant que le rideau ne se lève.

— Mesdames et messieurs, bonjour. Nous allons procéder à la vente d'objets d'art et d'ameublement. Nous commençons par les gravures, dessins et tableaux. Le N° 1...

Mon cœur bat la chamade, comme avant un examen.

Et tout va très vite. Le commissaire, debout, attentif au moindre doigt qui se lève, parfois à un léger mouvement, un œil qui se ferme ou un hochement de tête, énonce les chiffres :

— 2 000, 2 500, 2 600... plus personne ? Au fond, pas de regret ? Le monsieur à droite ? La dame à gauche ? C'est sûr, 2 600 ? Plus personne ? 2 600, j'adjuge.

Le marteau tombe, un léger frémissement parcourt la salle, le crieur se dirige vers l'acheteur pour lui remettre un petit ticket et son numéro alors que déjà on annonce le numéro suivant. Il me faut attendre treize enchères avant qu'il indique :

— N° 14. Bateaux à l'embouchure d'une rivière avec moulin. Ce très beau tableau de l'école flamande du XVIIe siècle, mise à prix...

Les enchères commencent. C'est le tableau qui était au-dessus du secrétaire de ma mère. On y voit un moulin, de l'eau, des bateaux. L'expert l'avait jugé triste, c'est vrai. Elle l'avait acheté il y a une vingtaine d'années, je crois. Le catalogue indique « usure et restaurations » et les dimensions 37 × 56,5. Il est donc là, posé sur un chevalet. J'entends à peine les chiffres. Je le pensais digne de figurer dans un musée, il part pour presque rien. Le marteau tombe, « adjugé ! » Et l'on passe au suivant.

Justement, le suivant c'est ce « curieux porte-allumettes réalisé par un artisan russe... », la boule en grès qui intriguait tant les experts. Moi aussi je suis curieux de savoir qui sera intéressé par cet objet insolite. On le présente. Le commissaire-priseur annonce un prix qui me semble très excessif. A ma surprise, les mains se lèvent et commence une bataille d'enchères qui font s'envoler les chiffres et triplent l'estimation que je trouvais déjà extravagante.

Le commissaire-priseur m'explique, après :

— Ce sont des Russes. Tout ce qui touche à leur histoire les intéresse.

Effectivement, il en est de même pour un tableau de Korovine auquel je n'avais prêté aucune attention, l'ayant toujours vu à la maison, puis chez mon père ; une peinture à l'huile des Grands-Boulevards à Paris, assez sympathique mais qui ne m'avait pas particulièrement marqué. Les enchères n'en finissent pas de monter, aucun des deux postulants n'acceptant de laisser l'autre emporter l'objet convoité. J'ai le tournis.

— Si tu voyais cela, maman, franchement tu n'en reviendrais pas. Ils sont fous, ces Russes !

Elle ne me répond pas, sans doute est-elle, elle aussi, stupéfaite, et, j'espère, satisfaite.

Tout l'après-midi, je vois ainsi défiler l'appartement sous mes yeux. Pas tout, bien entendu, puisqu'il reste des choses plus courantes. Dans une sorte de brouillard, étourdi par la chaleur, le bruit, la rapidité des gestes, le commissaire-priseur s'agite dans une gestuelle très bien rodée, une sorte de ballet avec les commissionnaires, les téléphones – « 2 000 au téléphone, et dans la salle ? » – les experts, face à face, dialoguent avec le public, un spectacle interactif dirait-on aujourd'hui, ou de guignol aurait-on dit autrefois, sans que je donne un sens péjoratif à ce terme. C'est la mise en scène de cette partition qui me frappe : un orchestre dont le chef avec son marteau distribue les rôles, musique répétitive, certes, mais dont le public est le meilleur acteur.

Que de passions cachées dans cette salle ! Chez le vendeur d'abord, inconnu et muet, absent le plus souvent. Des secrets enfouis, des espoirs de gain, des déchirements et des déceptions.

On devine à l'expression de son visage le collectionneur qui s'est déplacé pour un objet, un seul, qui s'est fixé un prix et qui s'en va déçu ou satisfait. Chez un autre, on devine la machine à calculer qui fonctionne en permanence dans la tête. D'autres encore sont là pour passer le temps, par habitude, comme on va se promener ou profiter d'un spectacle gratuit. D'autres, enfin, sont venus pour le jeu, pour l'excitation de l'enchère quel qu'en soit l'objet, pour ressentir les mêmes émotions qu'à la roulette ou au baccara.

Que pouvait bien ressentir ma mère lorsqu'elle rentrait triomphante de l'hôtel Drouot, exhibant six assiettes de porcelaine de Paris, dont elle possédait déjà de nombreuses piles ?

— Tu as encore acheté ça ? lui disait Marcel. Non mais, franchement, tu ne trouves pas que tu en as déjà assez ? A quoi cela va-t-il te servir ?

— Tu ne trouves pas que c'est beau ? lui disait-elle penaude, les assiettes à la main...

A nouveau son absence si douloureuse quand tout d'elle, ici, se disperse...

On en arrive à la commode : « Façade galbée en placage de palissandre. Elle ouvre à quatre tiroirs sur trois rangées. Ornementation de bronze (rapportés). Époque Régence. Accidents. » Je m'enfonce dans mon fauteuil, mort de honte d'être l'auteur du sacrilège. A ce moment, ma mère me parle :

— Jamais je n'aurais pensé que tu me ferais une chose pareille, toi, mon fils !

Les enchères s'arrêtent vite. Je suis encore plus honteux. Comme l'expert me l'avait dit :

— Il y a dix ans, cela se vendait bien. Mais aujourd'hui... et puis il y a beaucoup de restaurations.

Voilà, elle est partie.

— Mais, maman, où voulais-tu que je la mettre cette commode, je n'ai pas la place ?

Je regarde l'acheteur. Aucun signe particulier. Un marchand peut-être qui la restaurera et la vendra le double ou le triple. C'est la règle.

Je comprends, au cours de cet après-midi long et fatigant (343 lots !), l'intérêt de ma mère pour ce lieu fréquenté assidûment. L'émotion de l'acquisition ou de la compétition avec un autre devait la griser. Le goût du jeu d'abord, tradition familiale.

Un jour, mon grand-père dut télégraphier de Nice :

— Sipa. Je t'assure, j'avais commencé par gagner. S'il te plaît, envoie-moi un mandat-poste pour que je puisse acheter un billet de retour et rentrer à la maison.

D'autres fois, les jours de gain, il achetait des bijoux. Et des tableaux, quand ses frasques de jeu l'entraînaient à des conquêtes faciles. J'ai conservé un tableau de 1928, paysage de neige et de traîneaux, ma mère m'avait dit qu'il avait déclenché une scène de ménage dont elle se souvenait encore... Peut-être aussi ce Korovine est-il lié à une maîtresse du grand-père, qui sait ?

Ma mère aimait les machines à sous, la roulette et les casinos. A la fin de sa vie, elle n'y allait plus. Mais Drouot lui apportait un substitut plus intéressant ; elle y avait noué des relations, y retrouvait des amis, échangeait des informations, passait l'après-midi à papoter tout en levant le doigt de temps à autre pour de tout petits achats, souvent inutiles (mais qu'est-ce que l'utilité, en ce domaine par nature superflu ?). A l'intérieur de la vitrine, un petit papier indiquait la date d'achat et le montant, découpés dans un catalogue ou dans la *Gazette de l'hôtel Drouot*. Finalement, en remettant ces objets en vente, je les rends à leurs destination initiale. Ils passent de main en main. C'est bien ainsi, je n'en ai été que le propriétaire momentané.

Je ne pouvais pas assister à la seconde vente. Ma fille, Judith, accepta de m'y remplacer :

— Ce sera long ?

— Tout l'après-midi...

— Bon, je veux bien y aller au début. Après, je ne te promets rien.

— Promets-moi surtout de bien noter tout ce qui part et de m'appeler aussi vite que possible.

En route vers Strasbourg, j'imagine Judith se lançant vaillamment dans cette foire d'empoigne qu'est ce type de vente, la vente courante qui réunit un public plus indiscipliné mais fortuné, marchands, amateurs venus là pour saisir une occasion, chercher un objet dont ils ont besoin, se laisser surprendre par l'inattendu. Tout doit partir. Cela ressemble plus aux puces ou à une brocante qu'à une vente huppée. La salle est agitée, les acheteurs vont et viennent, se lèvent. Ils n'ont pas tous vu ce qui est proposé. Il faut aller très vite, se lever, se décider. « Mise à prix 100 euros, pas d'acheteur ? Alors on commence à 50 euros. » Parfois même à 10, voire 5... Ainsi, d'autres tableaux russes de ma mère vont partir par lots pour le prix d'une glace au chocolat.

Trois générations : ma mère, dont l'ombre planait dans la salle des ventes, sa petite-fille, présente depuis 13 h 30, notant tout pour me raconter, et moi, à cinq cents kilomètres, recevant des textos en écriture phonétique sur mon téléphone portable, qui me tenaient au courant pendant mes réunions de travail : « 16 h 07. Seulement 1 ou 2 trucs son partis en dessous du prix sinon y a 1 pti tableau à 2 100 euros. c le max pour l'instant, certains prix fon mal o cœur on a fini tableau et objet. » Finalement, elle reste, prise au jeu et m'en envoie un deuxième à 17 h 30 : « la table ki etai devant Marcel est parti à 150, on aurait pas du ! le buffet de lentré à 3 400 les chaises de la table de la salle à manger a 1 500 la table de nuit de mamie à 220 snif ! tjr pas fini... » A 18 h 30, elle m'appelle, elle a mal à la tête, elle n'en peut plus, il n'y a plus rien à vendre, c'est fini...

Barbara chantait si bien :

Le marteau se leva dans la salle des ventes
Une fois puis deux fois alors dans le silence

Elle cria je prends, je rachète tout ça
Ce que vous vendez là c'est mon passé à moi.
C'était trop tard déjà dans la salle des ventes
Le marteau retomba sur sa voix suppliante [...]
Hagarde elle sortit de la salle des ventes
Froissant quelques billets dedans ses mains tremblantes.
Quelques billets froissés pour un bijou vendu,
Quelques billets froissés pour un passé perdu...

23

Yom Kippour

16 septembre 2002. C'est Yom Kippour. Je ne suis jamais allé célébrer cette fête à la synagogue. Cette année, j'ai décidé de m'y rendre.

A cause des placards.

Je me sens un peu intimidé en marchant de mon bureau vers le boulevard Gallieni, à Issy-les-Moulineaux, où se trouve la synagogue. Un bâtiment moderne qui serait insignifiant si un chandelier à sept branches n'était dessiné sur la porte. Près de l'entrée, plusieurs jeunes hommes sont assis. Ils portent sur la tête une kippa en velours noir entourée d'un feston blanc pour l'un, en velours bleu pour l'autre. Je n'ai pas de kippa. Je n'en ai jamais eu.

Des enfants courent. Des femmes parlent dans les couloirs, il y a beaucoup d'agitation. Rien à voir avec la majesté architecturale et le silence des églises auxquelles je suis habitué. Je pose un mouchoir plié en quatre sur ma tête. Ce simple geste me trouble et me met mal à l'aise. J'ai eu l'habitude de faire le signe de croix, après avoir trempé mes doigts dans un bénitier. J'ai l'impression d'être un intrus dans ce lieu mais en même temps j'éprouve une intense émotion. J'ai peur que l'on m'observe. Les autres semblent tous se connaître. Ils parlent entre eux, rient, entrent et sortent d'une pièce dont les portes sont fermées et qui semble être le lieu du culte. Prudemment, je m'avance et pousse la porte. Personne ne me dit rien. Je dois être autorisé à y entrer.

C'est une pièce assez grande. Il n'y a que des hommes, ce qui me surprend. Ils portent une grande écharpe blanche sur les épaules. Un homme barbu, face à une sorte de grande armoire dorée dont les deux portes sont bombées, récite et chante des paroles en hébreu, accompagné de tous ceux qui sont là, chacun s'étant installé à une place réservée. Je reste au fond de la pièce à observer intensément ce qu'ils font.

Essayer de comprendre. C'est pour cela que je suis venu, parce que ma mère, aussi loin que je me souvienne, chaque année, disparaissait un jour d'automne. Je ne savais pas pourquoi, surtout quand j'étais petit – ce sont mes premières images d'enfant – mais elle pleurait en y allant et elle pleurait à son retour. Elle installait sur le piano un grand vase avec des roses rouges, toujours, achetées la veille. Ce jour-là, elle ne prenait pas de petit déjeuner et n'allait pas travailler. Elle ne me disait rien non plus. Sauf : « C'est Yom Kippour, je jeûne. » Mais je ne savais pas ce que cela signifiait. Elle ne m'a jamais demandé de l'accompagner. Elle ne me disait rien des roses, ni des pleurs.

Je comprenais confusément que c'était un jour spécial qui avait un rapport avec la mort de mes grands-parents, dont je savais seulement que je ne les connaîtrais jamais. Mais pourquoi quittait-elle la maison ? Elle emportait un livre imprimé de signes que je ne comprenais pas et qu'elle lisait à l'envers. J'ai cru pendant longtemps que c'était une réunion pour les Russes et que c'était le souvenir de ses parents nés là-bas qu'elle fêtait une fois par an avec des amis russes qu'elle me cachait. C'était un mystère de plus dans le mystère général qui entourait cette histoire familiale.

Mes parents avaient décidé que les enfants seraient éduqués dans la religion catholique. Pour les Clément, surtout ma grand-mère Yvonne qui assurait tant bien que mal la cohésion de ce groupe compliqué, il ne pouvait en être autrement. Donc, dès ma naissance en 1945, je fus baptisé, comme ma sœur sept ans plus tôt, en l'église du Thoureil.

Au Thoureil, nous avions notre banc, le deuxième au bout de la travée, à gauche, face à l'autel. Nous prenions chacun un des missels que ma grand-mère possédait en nombre impressionnant. Entre les pages étaient glissées des images pieuses données à l'occasion des baptêmes, communions, confirmations de tous les membres de sa famille. Mon père, mon oncle, mon grand-père paternels ne participaient pas à l'office. Ma grand-mère emmenait ses trois petits-fils et ses deux petites-filles, par rang d'âge, à la messe de 10 heures le dimanche, quand les cloches sonnaient et que les hommes se réunissaient au café, en face, sur la place de l'Eglise. La religion, c'était l'affaire des femmes. Les hommes étaient absents. Ils vaquaient à leurs affaires, allaient à la pêche ou discutaient entre eux. Aux femmes de gérer la maison, les enfants et les relations avec Dieu. Ma grand-mère s'y employait avec une grande énergie et régnait sur la vie domestique, en veillant à l'éducation des âmes.

Des années durant, nous avons suivi ces rituels, partant à pied de la maison, en habits du dimanche, pour honorer le Seigneur avec ostentation, récitant nos prières chaque jour. Nous écoutions les sermons, le Nouveau Testament, les Epîtres et les Evangiles où il était question en permanence des Juifs : d'eux venaient tous les troubles et Jésus essayait de les sauver. Pour cette raison, je me méfiais de ces Juifs qui étaient, dans l'Histoire du monde et dans mon univers personnel, associés au malheur. « Et Jésus dit aux Juifs... » « Heureusement qu'il était là, pensais-je, pour leur dire tout cela et faire des miracles. Et eux, qu'ont-ils fait ? Ils l'ont crucifié... »

A partir de mon baptême, j'ai reçu une éducation catholique stricte : catéchisme dès le plus jeune âge, au lycée Montaigne, avec l'abbé Petit. Il y avait au lycée une aumônerie, une chapelle et le catéchisme y était enseigné dans l'enceinte de l'école républicaine. Aucune trace, aucune information aucune éducation sur les autres religions. De juifs ou de musulmans, point. Ils n'existaient pas. Il n'était pas question non plus, à cette époque, de régimes alimentaires différents pour les repas collectifs à la cantine. Nous étions tous catholiques et ceux qui ne l'étaient pas pratiquaient discrètement. Si bien que nous ne le savions pas. Sauf pour les protestants, qui marquaient leur différence. J'avais un ami, Gil Mercier, protestant et fier de l'être. Je ne savais pas vraiment contre quoi il protestait. Contre le pape, contre la Sainte Vierge, contre la Sainte Trinité ?

Cela me paraissait étrange car moi, je l'aimais bien, la Sainte Vierge. Je lui récitais une prière tous les soirs et j'aimais ce moment où, à genoux, au pied de mon lit, je commençais à lui parler : « Je vous salue Marie, pleine de grâces / Vous êtes bénie entre toutes les femmes... » Elle devait être extraordinaire pour être bénie entre toutes les femmes. Plus que ma mère ? Cela m'étonnait. Mais ma mère me demandait si j'avais bien récité le « Notre Père » et le « Je vous salue Marie ». Donc, elle n'était pas jalouse.

— As-tu fait tes prières, mon chéri ?

Il m'arrivait de lui dire que j'avais prié pour ses parents, pour que je les connaisse. Elle ne répondait pas, parfois pleurait. Et si je manquais à mes devoirs religieux, elle veillait au grain sous l'œil vigilant de ma nourrice, Lucienne, pour qui se laver les dents, faire ses prières, ses devoirs faisaient partie du rituel quotidien. C'était un enchaînement automatique, suivi des histoires à raconter ou à chanter pour s'endormir calmement.

De même que la branche de buis qu'une vieille voisine, très pieuse, me donnait chaque année aux Rameaux. Du buis bénit. Je l'accrochais au cadre de saint Jérôme au-dessus de ma table de nuit. Je me sentais protégé par cette branche de buis.

En semaine, souvent, je me rendais à la chapelle des Etrangers, rue de Sèvres ou à Saint-Sulpice dont j'aimais la pompe, la grandeur et les tableaux mal éclairés dans les chapelles latérales. Monter les marches pour aller vers Dieu m'exaltait, alors qu'à la chapelle des Etrangers, passant sous un porche d'immeuble banal, j'avais davantage le sentiment de rendez-vous clandestins, moments volés au temps profane, qui n'appartenaient qu'à moi et qui, sur le chemin du retour de l'école, étaient une halte délicieuse, moments de recueillement que je savourais, autant que la vitrine du magasin de sport *Sport Eco*, situé presque à l'angle de la rue Dupin, en face du *Bon Marché*. Je connaissais tous les commerçants du quartier. D'ailleurs, grâce aux relations que ma mère avait nouées à la pharmacie, j'avais l'autorisation de me promener dans les jardins du couvent des bonnes sœurs, en bas de la rue de l'Abbé-Grégoire. Un jardin très organisé avec des petits buis pour délimiter les pelouses, et au centre, au croisement des allées, une statue de la Sainte Vierge. C'était moins loin que le Luxembourg. Ma mère, auprès des religieuses, me savait protégé. Celles-ci l'avaient cachée pendant la guerre, mais cela, je l'ignorais.

Ma mère veillait à mon instruction religieuse. Au catéchisme, il y avait des interrogations écrites. Ma mère regardait mes cahiers et les commentait comme des bulletins scolaires. Mais jamais elle ne faisait la moindre allusion à sa religion à elle. Et comme je sentais qu'il y avait quelque chose de secret, cherchant à me singulariser et à la provoquer, il m'arrivait d'aller plus loin encore. En voyage, je l'obligeais, quand je fus plus âgé, avec Marcel, mon beau-père, à s'arrêter le dimanche pour que je puisse aller à la messe. Je communiais. Ils m'attendaient au café. Marcel plaisantait un peu, lisait le journal au soleil, quand je sortais il me demandait si le sermon avait été convaincant et nous repartions. Je prenais la mouche facilement.

Il y avait des moments plus solennels, je pense à la communion que je fis en 1956. Nous nous étions préparés par une retraite dans un monastère où nous écoutions des lectures dans un réfectoire immense avant la messe chaque matin ou les vêpres l'après-midi, prenant nos repas en silence, et nous déplaçant en groupe quand l'ordre nous en était donné par un claquement sec de deux plaques en bois. J'attendais ce moment avec impatience, c'était la rencontre avec Dieu. Lui, à qui j'avais adressé tant de prières, chaque soir, et aussi avec qui je dialoguais intérieurement dans mes visites furtives à l'église. J'aimais les saints. Saint Jérôme, bien sûr, que ma mère m'avait présenté au cours d'un voyage à Venise, sur les murs de l'église des Schiavoni, peint par Carpaccio. J'avais suivi son histoire comme sur une bande dessinée. Mais à Venise, ma mère ne m'avait pas expliqué l'origine du mot « ghetto ». J'aimais aussi les autres saints. Blandine à cause de son martyre, saint Sébastien que je voyais pâmé, les yeux tournés vers le ciel, des flèches dans le corps, comme un Indien. Et aussi sainte Rita parce que son nom me plaisait beaucoup, qu'elle s'occupait des cas désespérés, et qu'elle me rappelait ma tante Tania. Je l'avais priée un jour de tristesse dans une autre église d'Italie. J'aimais allumer des cierges après avoir déposé mon obole.

La communion solennelle, c'était un moment d'autant plus important que mes grands-parents paternels, ma grand-mère surtout, voulaient en faire un événement social. Après la cérémonie religieuse, qui m'avait beaucoup ému et où s'était jouée la réussite de mon entente avec Dieu – ça s'était bien passé –, mon cousin Jean-Pierre et moi avions quitté l'aube pour le costume, un brassard en satin blanc au bras gauche, sorte de grand nœud d'où descendait un morceau de tissu et qui signifiait au yeux du monde que nous étions consacrés enfants de Jésus.

Il y eut ensuite une grande réception chez *Potel & Chabot*, où je fut embrassé par d'innombrables personnes qui n'avaient pas grand-chose à voir avec Dieu, mais beaucoup avec les relations sociales de mes grands-parents. C'était une occasion de se retrouver, de prendre des photos devant l'église Saint-Sulpice. J'y figure en aube blanche, une cordelette autour de la taille, comme un moinillon près de mon arrière-grand-mère. C'était aussi l'occasion de distribuer des images pieuses, représentations de tableaux de saints, avec mon nom au dos, la date et les circonstances de l'événement. Dans le missel quotidien des fidèles, en cuir vert, imprimé sur papier bible, que m'offrit le meilleur ami de mes parents, le 17 mai 1956, Pierre Gérard écrivit :... « Apprends à aimer la liturgie et même la pompe catholique. Quoi que tu puisses penser plus tard, souviens-toi toujours que l'Eglise catholique romaine est la seule qui corresponde vraiment à notre civilisation non seulement occidentale mais latine surtout, et fuis les hérésies desséchantes, protestantisme ou jansénisme...

« L'homme a besoin de liberté. »

Une pièce montée était le clou de la réception, une montagne de choux inondés de caramel, et en haut de laquelle figurait un modèle réduit de communiant en plastique, tenant un grand cierge dans sa main droite. Tout le monde applaudit. Ma mère, stoïque, était, je pense, contente que je sois heureux.

A quoi pensait-elle sur le banc de l'église ce jour-là ? A ses parents ? A la synagogue ? A son mariage qui avait coulé à pic après avoir longtemps battu de l'aile ? A l'irrémédiable coupure qui s'était installée entre sa vie d'épouse catholique et sa vie future ? A quoi pensait-elle en voyant son fils prier le Dieu des catholiques avec une telle ferveur ? Et lorsque, l'année suivante, pour la confirmation, je partis à pied en pèlerinage pour Chartres, sur les traces de Péguy, entouré de scouts portant des oriflammes ? Je n'ai d'ailleurs pas renouvelé l'expérience, choqué par ces débordements collectifs et par l'exaltation excessive de ces jeunes troupes illuminées.

Nous avions ainsi chacun notre religion. Je ne lui posais pas de question sur la sienne. D'ailleurs, ma mère n'en parlait jamais. Sauf pour me dire qu'elle ne voulait pas que ça recommence. Par là même elle me condamnait au secret – ne pas parler de la judaïté – dont je n'aurais pu sortir qu'en ressentant un sentiment de trahison.

La religion juive. Ma mère en parle peu dans ses correspondances, seulement comme d'une différence ayant trait à ses origines. Mon père (en 1936 et 1937, il l'écrit dans ses lettres) ne manquait pas de lui souhaiter la bonne année qui coïncidait souvent, à quelques jours près, avec la date de son anniversaire à lui, qui tombait à la mi-septembre. Les Gornick n'allaient pas à la synagogue, eux qui avaient fui la Russie à cause des pogroms. Toutefois, sur la plus vieille photo que je possède d'un ancêtre russe, sans date, mais, d'après la nature de la photographie, évoquant les années 1880, figure un homme à la barbe imposante, habillé d'une tenue solennelle et arborant l'étoile de David. Un rabbin. Une photo d'Odessa ?

J'ai retrouvé toutefois dans ses papiers un livre de catéchisme ou « éléments d'instruction religieuse à l'usage de la jeunesse israélite », écrite par un certain Léon Blum, 11, rue des Rosiers. Le livre ne comporte pas d'indications de date, sans doute les années vingt.

Je ne sais rien de leurs pratiques religieuses d'avant-guerre, sauf le fait que ma mère jeûnait, dès sa jeunesse, tous les ans, pour Yom Kippour. Je suis allé pour la première fois, à la synagogue, à vingt-cinq ans, en 1971, pour représenter le préfet du Tarn-et-Garonne, dont j'étais le directeur de cabinet. C'était une cérémonie officielle. J'étais étonné, troublé même. « Aller à la synagogue » était inscrit sur mon agenda, comme une manifestation parmi d'autres. J'ai ressenti une grande émotion à laquelle je ne m'attendais pas du tout.

Ma mère m'a raconté qu'à une séance de cinéma avec mon père, en 1938, devant les actualités qui montraient les persécutions antisémites en Allemagne, quelqu'un dans la salle avait crié : « A mort les Juifs ! » Mes parents avaient quitté la salle. C'est ce jour-là que ma mère prit conscience de sa judaïté, elle en avait été bouleversée.

Du côté de mon père, l'Eglise régnait avec toute l'arrogance de la pompe catholique, apostolique et romaine. Les fêtes religieuses étaient célébrées avec éclat. Chaque année pour le 15 août nous fêtions Marie, la Sainte Vierge, et accessoirement mon arrière-grand-mère ainsi prénommée. Grand repas familial. Table des grands et des petits. Chemise blanche et culottes courtes. D'innombrables plats, encore davantage de bouteilles et les blagues à la fin du repas – « N'écoutez pas, les enfants. » Trois heures au moins avec interdiction de se lever. Et puis Pâques, les cloches, les cadeaux, autre grand repas familial. Ma grand-mère nous offrait des mouchoirs brodés avec nos initiales : à chacun de ses petits-enfants était attribuée une couleur. Beaucoup de grands-oncles, de grand-tantes, de filleuls et de cousins. Des dates essentielles avec l'Ascension, la Pentecôte, mais nous n'étions pas toujours au Thoureil à ces dates ni à Noël. Le Thoureil, c'était donc la famille et l'Eglise. Et c'est pourtant là, quelques années auparavant, qu'avaient vécu mes grands-parents, en 1940, avant de fuir vers le Lot. C'est là qu'avait habité ma mère, au début de la guerre, avant de retourner à Paris. C'est là que, bien plus tard, dans cette église, j'accepterai de me marier avec une bénédiction du prêtre, pour faire plaisir à ma belle-famille et à ma grand-mère Yvonne Clément. Mais, ce jour-là, ma mère n'est pas venue. Elle n'a pas assisté à mon mariage avec Marie-Christine, alors qu'elle en était profondément heureuse. Tombée malade quelques jours auparavant, elle n'a pas voulu que l'on retarde la cérémonie. Il avait fallu l'opérer et elle avait été en danger. N'empêche. Elle n'est pas venue – sauf une fois, pour mes cinquante ans, après la mort de mon père – et n'est jamais retournée ni dans ces lieux, ni dans cette famille. Elle ne m'a pas donné d'autre explication. La maladie, c'est tout. Chacun s'est contenté de cette excuse. Peut-être la communion solennelle lui avait-elle suffi ? Je fus marié chez les Clément, en présence de mon père et de Pauline, mais sans aucun représentant de ma famille maternelle. En l'absence de ma mère, Lucienne agrippa mon bras pour me conduire à l'église. Maman lui avait dit : « Je ne veux pas que Jérôme y aille avec "elle". » Pas un Russe, pas un Gornick, pas un Levitsky.

Les choix religieux de ma mère évoluèrent peu à peu. Sans pour autant que cela modifie sa pratique : une fois par an, pas plus. Elle assumait ce qu'elle était et disait, à la fin de sa vie, qu'elle était plus juive que française. J'ai retrouvé dans son secrétaire un cadeau que je lui avais offert, enfant, pour une fête des mères, sans doute : une petite plaque de plâtre, étoile jaune en relief peinte sur un socle circulaire marron, confection d'enfant ; je devais avoir six ou sept ans. J'en savais donc plus que je ne le crois aujourd'hui. Mais comment faire, lorsqu'on est, comme moi, catholique de religion, juif d'origine, et plutôt proche de l'athéisme marxiste pendant mes années d'études ? Je suis agnostique, anticlérical, quels que soient les clergés. Si la religion catholique m'a aidé à me structurer, dans cette enfance si chahutée, je me sens plus proche, désormais, de la culture juive, celle de ma mère, découverte après tant d'années.

Je ne me sentais pas le courage, après tout cela, de choisir une religion pour mes enfants. Catholiques ? C'était à la fois poursuivre dans une voie choisie par ma mère et la renier. Juif ? Rien de précis, aucune pratique ne me rattachait à cette religion, hors du traumatisme des drames familiaux. J'ai choisi de ne rien faire, les laissant juges de décider par eux-mêmes de leurs convictions, jusqu'au jour où ma mère décida d'initier le seul garçon de ma tribu en lui donnant son étoile jaune. Connaissait-elle Perec pour qui la judaïté est un silence, une absence, une question, un flottement, une certitude inquiète ? Un geste suffit pour tout remettre en cause et ouvrir grandes les portes de la mémoire.

A la synagogue d'Issy-les-Moulineaux, toutes ces images me reviennent à l'esprit. Le soir tombant, la porte de l'appartement s'ouvrait. J'attendais ma mère. Je la regardais et comptais les roses. Aujourd'hui, je regarde et écoute ces hommes chanter en hébreu. Je vois les portes s'ouvrir et le rabbin tirer les rideaux qui protègent la Thora.

En octobre 2003, pour la première fois de ma vie, je me suis rendu en Israël. Je n'avais jamais réussi à franchir ce pas.

Une réticence, malgré la curiosité, due sans doute au sionisme militant de ma mère, lors de ses dernières années :

— Tu ne peux pas comprendre, me disait-elle, comme c'est important, pour nous les Juifs, d'avoir notre armée, notre police, notre justice.

— Mais, Maman, ce n'est pas une raison pour se conduire comme tout Etat répressif, avec ces violences qui ne font que perpétuer la guerre.

— Je m'en fous, criait-elle, ce qui compte, c'est Israël.

Je partais furieux, incapable de défendre, yeux fermés, la cause israélienne sans la mettre en relation avec ma grille d'analyse du monde. Une sorte de conflit d'intérêt.

Ma mère est morte. Je voulais voir Jérusalem. Je suis monté sur le mont des Oliviers et, regardant du haut de la colline l'enchevêtrement des différents Lieux saints, j'étais bouleversé de lire l'histoire de l'humanité et une grande partie des conflits d'aujourd'hui concentrés en un si petit espace. Parcourant la ville, je me suis senti ému en visitant le Saint-Sépulcre et j'ai déposé un cierge près du tombeau supposé du Christ comme je le faisais autrefois dans les églises où je priais. Je suis sorti du lieu saint pour me rendre au mur des Lamentations. Comme tous les Juifs, j'ai mis une kippa et touché le mur en pensant à ma mère et à mes grands-parents pour qui j'ai glissé un petit papier.

« Je porte Jérusalem en moi », ai-je lu parfois.

24

Épilogue

Désormais l'appartement est nu comme si rien n'avait existé jusque-là. Les tapis ont disparu. Plus de livres. Plus de bibliothèques. La moquette grise, celle que j'ai connue quarante ans durant, a laissé place à un beau parquet dont les lattes contrastent avec la blancheur immaculée des murs fraîchement repeints. Les placards, grand ouverts, vides, sont repeints eux aussi.

Je suis seul à nouveau dans ces pièces devenues immenses. Le bruit de mes pas résonne dans ce qui fut la chambre, le salon. La salle de bains a été refaite à neuf. La cuisine aussi. J'attends les locataires à qui je remettrai les clés. L'appartement est désormais loué à un Américain. Cette fois, je m'en vais. Derrière la porte qui se referme, j'ai l'impression que ma mère est toujours là alors que son époque a disparu.

« Plus tard, tu comprendras. »

Je m'étais toujours demandé ce qu'il y avait à comprendre. Je croyais, orgueilleux, avoir déjà tout compris. Il me restait pourtant l'essentiel — tenter de répondre à la question : « Qui est cette femme qui m'a aimé et que j'aime et qui m'a donné la vie ? » Vivante, elle était ma mère. Le monde entier à travers elle, ses espoirs et ses faiblesses, ses contradictions, son énergie, son désespoir et sa capacité à renaître. Son amour. Sa générosité. La source et la clé de ma vie. Morte, c'est une femme qui a vécu avant moi, une autre vie. Une Parisienne, juive, pharmacienne née de parents russes et qui a traversé douloureusement la guerre. Une jeune fille amoureuse, une femme blessée, une mère. 1914-1996. Et bien d'autres personnages dont j'ai découvert, ces derniers mois, les multiples facettes. En ai-je fini pour autant ?

C'est au cimetière que je lui rends visite désormais. La dernière demeure de Maman.

Les allées sont calmes et vides. Quelques jardiniers entretiennent les abords des tombes ou des petits édifices qui abritent les Lévy, les Goldenstern, les Isaac, et cette tombe de Rappoport, sur laquelle est écrit en gros caractères : « Sans la liberté, il n'y a pas de socialisme, sans le socialisme, il n'y a pas de liberté. » Je passe avec plaisir devant cette inscription chaque fois que je viens lui rendre visite. On se familiarise ainsi avec le voisinage.

On observe les nouveaux venus. Ils sont rares. Et puis s'affirme peu à peu un insaisissable sentiment. Seul, face à cette petite construction, regardant les dalles refermées et sachant que, quelques mètres en dessous repose son cercueil, je suis saisi par la dérision des détails matériels. Les bouquets fanés, les petits cailloux déposés par des mains anonymes, la fuite sur le toit du caveau qui laisse une traînée jaune le long du mur et sur les plaques où sont inscrits les noms des membres de la famille de mon beau-père.

Je vais chercher un arrosoir près de la cabane du gardien, puis le remplis d'eau à la fontaine de l'allée centrale, j'accomplis ces gestes que tous les affligés répètent lorsqu'ils rendent visite à leurs morts. L'émotion de l'enterrement s'est apaisée. Devant tous, réunis, j'avais parlé. Aujourd'hui, restent des gestes quotidiens, très simples, répétitifs, une familiarité, les saisons qui changent la végétation, l'écharpe que l'on retire l'été venu, le ciel qui varie de couleur. Mais quand on a décrit cela, qu'en a-t-on dit ?

La tombe de ma mère, je l'ai découverte le jour de son enterrement. Pourquoi là, à Montparnasse, avec la famille de son second mari ? Mais pourquoi pas ? Il en est des morts comme des vivants. De l'errance, du hasard. Un petit monument édifié sans doute au début du siècle, banal avec ses pierres grises et ses ornements architecturaux inutiles. On peut pénétrer à l'intérieur. Les plaques de ceux qui sont au-dessous, la famille Schuler, la famille Franck sont fixées au mur. Des prénoms, des noms qui ne me rappellent rien. Aucun autre membre de la famille Gornick n'est là, tous ont été répartis dans des cimetières différents, au gré des circonstances. J'ai beau me forcer, m'incliner devant le monument, me dire que je dois me recueillir, ce n'est pas là que je ressens les frissons qui étaient les miens lorsque le rabbin récita les prières et que nous lûmes le kaddish devant son cercueil.

Je me rappelle ces phrases répétées si souvent par ma mère :

— « Tu ne sais pas ce que c'est que de n'avoir aucun lieu où aller leur parler et prier pour eux. »

C'est vrai, les fumées d'Auschwitz n'ont laissé aucune trace. Je ne prie pourtant pas mais je suis sensible au silence, au recueillement que me transmettent toutes ces tombes alignées, dont on lit les noms et les dates de naissance et de mort avec curiosité, en comparant les pierres, les inscriptions, les statues.

En fouillant dans le passé de ma mère, j'ai trouvé la vieille Russie des tsars, ses cosaques ukrainiens, surgissant à cheval dans les shtetl pour y massacrer les Juifs. J'y ai lu des noms étranges et qui m'ont fait rêver : Romny, Poltava, Odessa, Bakou, ceux du lointain Caucase d'où je tire une partie de mes origines. On y entend les sons de la révolution de 1905 et de 1917, l'arrivée des bolcheviks et la naissance d'un formidable espoir, celui du communisme, tandis qu'à Paris les exilés se regroupent, font connaissance, se marient, et donnent naissance à une petite fille, Raymonde, à cause de Raymond Poincaré, président de cette République des libertés et des Droits de l'homme, accueillante aux immigrés de l'Est dont elle fait, généreuse, des citoyens français. Raymonde, Rivotchka que j'entendais aussi appeler Rébecca par Jo et tante Tania, sans que je comprenne pourquoi on l'appelait ainsi. Et c'est la même République qui, vingt ans plus tard, livrera les Gornick dépouillés de tout aux mains assassines des bourreaux nazis. La France qui les sauva de la mort en 1906 et fut complice de leur assassinat en 1944.

Beaucoup de portes se sont fermées décidément, sur ce XXe siècle qui s'achève pour moi en 2002, près de l'endroit où je suis né.

Parcourant les allées du cimetière Montparnasse, je vois ainsi défiler les images et se chevaucher les époques. Des noms de parents, d'amis, d'enfants parfois, drames familiaux ou disparitions attendues, tous sont là. Sartre, à qui je rends visite presque toujours en quittant le cimetière, dans l'allée gauche, près de la porte d'entrée, le long du mur du boulevard Edgar-Quinet.

Pas besoin de tombe, Maman, tu es partout maintenant avec moi. Sur mon bureau, il y a une photographie. Nous sommes tous les deux, de dos et nous retournant vers l'objectif, détendus et sereins, parlant interminablement, comme nous le faisions dans ces années-là. J'avais trente-cinq ans environ, et toi trente et un de plus, nous sommes à la campagne, vêtus de grosses vestes, souriants et confiants, mains dans les poches. Je quitte le cimetière. Me voici parvenu au *Café de la Liberté*, au coin de la rue de la Gaîté. Deux mots qui me conviennent, pour affronter l'avenir, en cette journée si calme.

***

Je vais m'arrêter cette fois et te retrouver dans le dialogue intérieur que je poursuis avec toi. Le silence, encore, s'est installé, nécessaire en soi et autour de soi, pour bien se parler. J'invente un autre langage pour te dire mes secrets, partager mes pensées, te raconter ce que j'ai écrit. Un livre pour être sûr de transmettre la mémoire familiale et fixer ton histoire sur le papier, rendre public ce que tu m'as laissé découvrir dans le secret de l'appartement. C'est un dernier et beau cadeau.

— Tu verras, tu verras... Quand je serai morte.

Je souris en y repensant et en passant au cimetière à l'improviste, comme autrefois, lorsque je débarquais sans prévenir pour déjeuner ou me reposer entre deux rendez-vous. Rien n'a changé, tu vois, je viens te voir et je te parle.

— Allez, sauve-toi, tu as à faire, me disais-tu, et reviens vite que l'on parle un peu.

Je tiens à remercier Bernard, Erik et Gérard qui m'ont accompagné et soutenu tout au long de ce travail.

Et Michèle et Stéphanie qui l'ont mis en forme et m'ont fait part de leurs amicales et précieuses suggestions.

Table

Du même auteur :

UN HOMME EN QUÊTE DE VERTU, Grasset, 1992.

LETTRES À PIERRE BÉRÉGOVOY, Calmann-Lévy, 1993.

LA CULTURE EXPLIQUÉE À MA FILLE, Seuil, 2000.

LES FEMMES ET L'AMOUR, Stock, 2002.

En collaboration :

SOCIALISMES ET MULTINATIONALES, Flammarion, 1976.

Composition réalisée par NORD COMPO

Imprimé en France sur Presse Offset par

BRODARD & TAUPIN

GROUPE CPI

La Flèche (Sarthe).
N° d'imprimeur : 33812 – Dépôt légal Éditeur : 67122-02/2006
Édition 1
LIBRAIRIE GÉNÉRALE FRANÇAISE – 31, rue de Fleurus – 75278 Paris cedex 06.
ISBN : 2 - 253 - 11530 - 4

31/1530/0